絆

～きずな～

Ikeda Shigeyuki
池田 重之

郁朋社

絆《きずな》

おじさん　ごぶさたしております。お元気ですか？　父宏（六十五才）が、去年八月一日より寝ていて便のおもらし、十月三十日には自宅ふろの中で尿のおもらしをしてしまいました。認知症＝ボケの病気になってしまいました。

正月明けの十三日から二十四日までカゼをひいた上に夜中「ワーッ」「ウーッ」と朝三時ごろまでさわいでいたので、お袋はたまらず「お父さんうるさくて寝られない」と寝床をテレビのある部屋へ移しました。四日ばかり静かにしていましたが、一月二十八日から「ウォー、ウォー」とオオカミの遠ぼえのように明けがたまで叫びつづけていました。

本人は無意識で、朝六時半に起きるとけろっとしていて、そのことはまったくおぼえていません。

先日　市役所ふれあいセンターに行き相談しました。「本人が意識不明になったり食べられなくなったりしたら病院へつれていきます」と言っていました。お袋も私も介護するのが大変で精神的プレッシャーがかかりとても大変です。本人は「どこも悪くない」と言っておりますが、家の中をいったりきたりして〝徘徊〟して、うろうろおちつきがありません。五、六回お袋と私が病院へ行くようにと説得したのですが、耳を傾けず行く気がないので困っています。強情なんです。本当にもう末期なんです。二月二日と三日朝四時に畳の上で倒れたにもかかわらず、起きてきて外をうろうろしているんですからかなりおかしいんです。「二月末まで家にいたら、東京のおばさんに来てもらって精神病院へつれてってもらい、検査してもらう」とお袋が言っています。

おじさん二月中には病院の精神科へ入院となります。

お元気でさようなら

正より

何を言ってるんだ、ばかものが——だいたいこいつは、ばかのくせに嘘つきなんだ。茂は破り捨てようとする衝動をこらえた。一呼吸置いて廊下へ出ると受話器を握った。

「ああ……わたし……正のやつからバカバカしい手紙が来た……」

「うちにも」

いきなり兄に言うのも気が引けるので、よく話をする妹に当たってみた。

「あいつも狂っている。平気で嘘をつく……」

〝あいつも〟と言ったのは、母親がだいぶ前からおかしくなっているからだ。

「しょうがないよ。ばかなんだから、何か言えばワーワー騒ぎ出すから、放っとくしかないよ。放っとくしかない」

妹は冷静だった。

「しかし……いまいましいなあ――こんな調子で、いろんな所にへんな手紙を撒き散らされたんでは、兄さんもたまらない」

「周りはみんな知っているから……」

「ああ……」

腹立ちまぎれに電話を掛けてしまったが、妹の言う通りだ。

「じゃ――」

後味の悪い切り方をした。

兄も困っているだろう。早く行って――行ったからといってどうなるというわけでもないが、顔を見て話をすれば気分的にも違うのではないかと思った。

とにかく、癌の手術を三度繰り返して心身共にまいっている。よりによってこんな時に騒ぎを起こさなくても――だが、ばか息子の後ろで、おかしくなった義姉が糸を引いているから面倒だ。

かれこれ二十年ほど前になる。兄が最初に舌癌の手術を地元の総合病院でした。その時電話で来てほしいというようなことを言ってきた。

癌の手術と聞いて、妻と二人で、連絡を受けた病院へ駆けつけた。兄は一番手前のベッドで血に染った布を噛んでいた。麻酔が効いているらしい。目を閉じて肩で大きく息をしている。顔が赤くふくれている。熱が出ているようだ。

看護婦が来たので廊下へ出た。そこへ息子と連れだって義姉が現われた。

「呼んだりして済みませんよぉ。なんたって心細くって、手術は無事にすみましたが、出血が多い所なんで、押さえの布がすぐ真赤になってしまう。どうかな……」

「今、看護婦さんがみえたので出てきたところなんです」

「そう……じゃ替えてくれたかな」

四人ぞろぞろと入っていった。口元はきれいになっていた。

「よかった。素人にはできない。こわいよ、傷口に触って、またどくどく血が出てきたら大変だ」

「そうですね」

「もう……疲れた……」

「周りも大変だけど、お兄さんが一番辛い……」

妻が引き取った。茂は黙っていた。兄は目を閉じたままじっと痛みをこらえ、苦しさに耐えている。が、みんな聞いている。理性的な人だから、こんな状況でもみんな覚えている。本人の前ではべらべらしゃべべらないほうがいい。

「こっちは病気と結婚したみたい……もう、ゼンソクは出る。肺炎で一か月も休む。しょっちゅう風邪ひき。元気でいる時のほうが少ないみたい。そのつどハラハラドキドキ気の休まる時がない。もうたくさん。くたびれた」

抱えていたものを一気に吐き出すようにしゃべり続ける。

「やっぱり小さい時から弱かったんでしょ。大人になってから急にってことはないんでしょ、本人は否定しているけど」

「廊下へ出ましょうか……」

ぐるっと周囲を見回してから言った。他の患者はともかく、苦痛にあえいでいる兄の枕元で恨みごとを延々と続けられたのではたまらない。

「ああ、ここは七階に展望喫茶室があるのでお茶でも」

「いやいや、病気で苦しんでいる時にお茶など結構です。そこのベンチで……」

義姉も少し話したほうが気持ちが楽になるだろうと思った。四人横並びにぞろっと坐った。顔は見えない。が、そのほうがかえっていいと思った。

「ゼンソク小さい時どうだったの」

「どうだったのと……言われても」

「ゼンソクもちって、子供の時から抱えているって言うじゃない。大人になって突然出るってことはないでしょ」

「そうですか」

「隠さないで話してちょうだいよ」

「隠すこともないけど、寝込んでいたとか、面倒看たなんてことは……わたしのほうが下だから……」

「変ねえ、自分じゃ否定してるんだけど」

「じゃ、そうなんでしょう。それでいいじゃないですか」

「よくはないですよ。本当のことが知りたい」

「嘘をついたってしょうがないじゃありませんか。こういう時こそお互い信じ合い支え合っていくことが大切じゃないんですか」

「そうじゃなくって――あの人は、自分の都合の悪いことは話さないんですよ」

「そりゃあ――だれだって多かれ少なかれあるんじゃないですか。何でもかんでもべらべらしゃべり立てる男なんていない。まあ、男に限らず」

いささかうんざりして言った。

「はぐらかさないで」

「そんなつもりはありません」

義姉も神経が高ぶっているに違いない。ここは早く引き揚げたほうがよさそうだ。兄には申しわけないが、しばらく距離を置くことにした。

突然、義姉からA四の茶封筒に入った本が送られてきた。『認知症患者に寄り添う』とある。〝みなさんに送っていますので、ぜひ読んで下さい〟と半切にした便箋に手紙らしいものが最初のページに挟まっていた。もともと字は上手とはいえなかったが、判読に骨が折れるようによたっている。

二、三日後には封書が来た。広告の裏側を使って〝読んでくれたかどうか、毎日車で一時間かけて木更津まで気分転換に出かけるので大変なのだ〟というようなことが書いてあった。何が大変なのか分からないが、〝そんなに大変ならやめればいいじゃないか〟と書いてやろうかと思ったが、深入りしたくないので放っておいた。

毎日出かけるというから、留守の時間帯を見計らって兄に様子を聞いてみようと思った。しかし、手紙の届いた翌日、追いかけるように電話を掛けてきた。読んでくれたかという確認だった。まだだと答えると、是非読んでほしいと言う。そのうちに——とあいまいな返事をすると、いきなり怒りだした。

「宏が認知症なんです。あんたの兄ですよ。放っといていいんですか。わけが分からなくなっているんです」

「奥さんがついているものを外部からとやかく口出しすることはないでしょう」

腹立たしいのに冷静な受け答えができた。

「何言ってるの、あんた弟でしょ」

「それが……」

「それならもっと心配して下さいよ」

「あんたは何ですか」

「わたしのことはいいの。あんたに言ってるんだから」

「そうですか」

「そうでしょう。あんた弟なんだから」

これはだめだ。話の通じる状態ではない。

「夫宏が狂っていて、何も分からないの。分かった？」

「はあ」

「はあ、じゃないでしょ。もっと真剣に聞きなさいよ。もう――頭にくるなあ」

「どう言えばいいのかな」

「精神科へ入院させますからね」

「それでは伺いますが、いつになりますか」

「……それは病院と相談しなくては」

「決まったら教えて下さい」

こちらから電話を切った。すると、すぐ折り返し掛けてきた。

「何で切る——話し中じゃないの」

「……」

「聞いてるの？」

「はい」

これからずっとこんな調子でやられたんではたまらないと、げんなりしていると向こうから切れた。公衆電話に入れた金を使い果たしたようだ。もう掛けてはこなかった。

明くる日、同じ時間帯に掛けてきた。きのうのことは忘れたようにけろっとしている。

「本読んでくれましたか？」

「ぼちぼち」

「この病気は本人の自覚がないから大変なんですよ。だから周りが気を使わないと何をやり出すか分からない。仕方がないから家に閉じ込めておくしかない。警察に頼んで見張ってもらってるんだけど、早く病院へ入院させないと気の休まる時がない」

「警察に頼んだ？」

「そう」

「毎日来てるんですか」

「どうだか……私たちは木更津へ来ているから、あとのことは分からない」

「それで、木更津へ行っている間に何かあったらどうする？」

「そんな、赤ん坊じゃあるまいし、一日中付きっきりで看てられますか」

「でも、留守中に何もないという保障はない」

「大丈夫、刃物やマッチなんか危険な物は、みんな隠しちゃったから心配はない」

「じゃ、問題ないじゃない」

「なんで……認知症なんですよ。頭がおかしい。狂ってるんだから、何するか分からない」

「じゃあ、危なくて出かけられない。そばにいて面倒看てやらなくては」

「冗談じゃない。こっちまでおかしくなっちまう。息抜きしなくっちゃ。だいたい茂さんは遠くに居るから勝手なことが言えるけど、一緒にいたら精神的にまいってしまうから」

「それじゃ、明日にでもお伺いしましょう。……どんな様子だか」

「だめだめ、それはだめ」

「なんで」

「来てもらっては困る。認知症だから」

「困ることはないでしょう。会ってみなくては分からない」

「だめだめ、絶対にだめ！　面会謝絶なんだから」

ひどく慌てている。

「だれがそんなこと言ったのですか」

「先生、お医者さん」

「いつ、どこの医者が」

「だめだからダメ！　だめだと言ってるでしょ。本の中に書いてあるの」

「どの辺にですか」

「……いろんな所に……認知症だとそうなるの。相手の人も分からない」

「分からないかどうか、会ってみなくては」

「ダメだったらダメ！　しつこいねえ」

怒って切ってしまった。それからすぐ掛け直してきた。

「来たってだめだからね。会わせないから」

「いいですよ。別にあんたに会いたいわけじゃない」

「来てはだめですよ」

こんな話を延々と続けても仕方がない。今度はこっちで切ってしまった。

「来るなって」

再度掛けてきて一言、切ってしまった。

とにかく、一度行ってみなくては分からない。あの調子では周り中にえらい迷惑を掛けているに違いない。それはともかく兄は相当まいっているだろう。そう思うと怒りを通り越して悲しくなる。

とにかく、どんなことになっているのか、行ってみないことには分からない。義姉の話はめちゃくちゃだし、電話では兄も心配をかけまいと話を控えるだろうから。

妻と相談して今回は一人で行くことにした。焦って事故を起こしてはいけない。そう自分に言い聞かせながら車を走らせた。五十キロほどの道のりが何倍にも感じられた。

野中の一軒家だから見通しはいい。家の前の道を一度やり過ごして、車のないのを確かめて引き返した。

「いや――心配かけて済みません。なんたって、やることなすことめちゃくちゃなんで、手がつけられない……もうみんなに迷惑掛けっぱなしで……思考回路がどうなってるんだか。ブチ切れちゃって、つながらない……自分で言ってることもやってることも分かっていない」

「はあ……」

兄もほとほとまいっている様子だ。

「遠くの人には電話を掛けまくる。近くの人たちには二人で押しかけていってガーガーやっているようなんだねえ。初めのうちは相手もわけが分からないから、電話をくれたりわざわざ訪ねてきたりで、いろいろあったけど、放っておくしかないんだよねえ。『外へ行ってばかなことを言いふらすんじゃない』って話をしたこともあるんだけど、火に油でワーワーわけの分からんことをわめき立てて、どんどんエスカレートしていく……あんたは認知症だ、狂っている、文句を言うな……とめちゃくちゃ大声でがなり立てる。都会のように家が密集していないから、人様に聞かれることはないけど、たまたま近くを通りかかった人が聞いたらびっくりしてしまう。本当に絶叫してるんだから……歯止めが掛からない。為すがまま、少しでも口を挟もうものなら何十倍にもなって返ってくる――黙っているしかない。騒ぐだけ騒げば後はけろっとしてるから、関わり合いにならないことに」

押さえていたものを一気に吐き出すようにしゃべり続けた。

「この時間帯は木更津に」

「そう。気ままに遊び回っていれば機嫌がいい。家の中のことは一切しない。というよりできないんだね。だいたい考えられないし、動作もついていかない。できることは食べることと寝ること。ハハハ……」

弱々しく笑った。

「洗濯物やあの布団干しもやらない？」

「ああ、とてもとても、十時になると正の運転する車でトコトコ出かける。布団は万年床汚れ物はその辺に放りっぱなし。洗濯機の中へ入れるってこともしない。しょうがないから掻き集めて洗っておいてやる。本当にわけが分からないのか、わざとやっているのか、半々かな。どうなんだか。正も真似して放りっぱなし、あれも三時半ごろ帰ってくるなりどたっとひっくり返ってぐうぐう寝ている。ひと休みすると、風呂に入ったり買ってきた弁当を食べたりして、本格的にお休み。これが二人の日課」

フーッと溜息をついた。

「木更津で何してるの？」

「さあ、デパートだかスーパーだか見て歩いたり食事をしたりと……毎日同じ所よく飽きないもんだと感心しちゃう」

「ガソリン代も大変でしょう」

「それもそうだし、運動神経が鈍いからしょっちゅうこすったりぶつけたり、修理代も大変だ。動かないわけじゃないんだから少しくらいの傷はそのまま乗れと言うんだけど、生意気に〝体裁が悪い〟なんてへんな所を気にする……まあだ一年半しか乗らないのに、そろそろ新車に替えたいなんてばかなことを言い出す。『遊んでいて贅沢言うんじゃない』って叱ったら、二人が組んで新車を買えとねじ込んできた。いくら何でも、これはダメだとはねつけてやった。何でもかんでも自分たちの思い通りになると思い込んでいる。高子のほうはすぐ忘れちゃうけど、正のやつはしつこい。お金は自然に沸いてくるものとでも思っているのか。全然金銭感覚がない」

「今は兄さんが出してやってるからいいけどいずれ行き詰まる。どうするつもりなんでしょう」

「分からない。意見してやって下さいよ」

「私なんかには……それに……ねえさんがついていては」

「そうなんだ。ものすごい剣幕だからなあ。狂っているからどうしようもない」

「いや……でも、自分の言ってることは分かっているんでしょ」

「いや、どうなんだか、ほとんどだめじゃないのかな」

「というと……」

「見たり聞いたりしたことに反応するんじゃなくて、脳の中にできているというか、自分で作った映像で話をしているんだから……他の人にはチンプンカンプン。その幻影が消えたとたんに自分でもわけが分からなくなってしまって脈絡のないことを言い出す」

「妄想……ですか」

「そうだね。いったいどこからそんなものが浮かんでくるのか、想像つかないよ」

「何かのショックで……ということもあるかもしれないし、そういう病気かも」

「むむ……病気。それはないと思うよ。見てきた範囲では……偶発的なものじゃないかな。そういう因子を引きずっているとは考えたくない」

「はあ」

　胸につかえていたものを吐き出して、いくらか楽になったようだ。妻の乱行にはいささかこたえているようだが、怒りを爆発させているわけではない。夫婦とはそういうものなのか。二人がもどってこないうちに帰ることにした。

　その後気にはなっていたが、様子を見に行くことも連絡を取ることもなかった。だが、義姉が割り込んできた。

「あら、わたし。また出ちゃった」

明るい声で電話を掛けてきた。

「はあ」

「癌が再発したんだって……」

「はっ」

「同じ先生でもう一度手術をすることになったの……ちゃんと聞いてる？」

「はい」

「それで、だれか立ち会い人が必要なんだけど、茂さん来てくれない。あんた弟なんだから」

あっけらかんとしている。

「はい、伺います。それで、いつ……」

「え……と、今月十八日。午前十一時から。一時間くらい前に来てくれない。五階のナースセンターへ。そこで、書類書いたり、いろいろ説明受けたり……」

「分かりました」

「わたしは気持ち悪くなるから嫌なの」

それだけ言うとバチンと切れた。公衆電話かららしい。話の筋は前回の時よりはっきりしているが、彼等親子はどうするつもりなのか。いささか不愉快になってきた。〃あんた弟なんだから〃とは、そりゃその通りだが、〃あんたは○○のなんなのさ〃と自動車の修理工のような白いつなぎの服を着て、エレキギターを弾く男のグループが、そんな歌をやっているのをテレビで見たことがあるが、おかしいのは分かっていても〃なんなのさ〃と言ってやりたくなる。それに四十にもなって母親の腰巾着から離れられない息子も困ったものだ。フツフツと怒りが沸いてくる。二人を離さなくちゃだめだ。

いま、父親が亡くなったら、こんな気ままな生活は忽ち崩れてしまう。しかし、そんなことなどはまるで意識の中にない。ずるずるとこの生活がいつまでも続いていく――そういうことすらも考えることはない。働いて金を稼ぐそんな気などさらさらない。

正は中学校の卒業時に、進路担当の先生から遊園地の雑用係ならなんとか勤まるのではないかと紹介してもらった。本人も楽しそうな職場だと気乗りしていた。

最初は、花壇造りを先輩に習ってやるように言われたが、植えつける間隔がうまくつかめない。花の苗をポットからはずして植え込む単純作業なのだが、そんなことがうまくいかない。蛇がのたうったような配列になってしまう。

「どうなってんだ、考えられねえなあ——糸が張ってあんじゃねえか、その印の所さポットを置いてみろ。そこを掘って入れるだけじゃねえかよぉ」

先輩に言われた通りやってみるが直線にならない。

「おめえはぶきっちょで造園には向かねえや。そんなに何度も動かしていたでは、苗が傷んで花どころじゃねえ。枯れちゃうよ」

そこまで言われると正もやる気をなくしてしまった。

「初めっからうまくはいかないさ。馴れるのがだいじだ。少し続けてみるさ」

取りなしてくれる人もいたが、もう手を出さない。花壇から離れて憮然として先輩の作業を見つめている。

「何してんだ。やりながら覚えなきゃしょうねえじゃねえか」

正は首を振って動かない。

「やんねえのか」

うなずいた。先輩たちは笑い出してしまった。〝少々トロイからそのつもりで扱ってくれ〟と主任から言われていたが、少々どころではない。

「まるっきりだめじゃねえか」

「事務所さ行って他の所さ回してもらえ」

言われて素直に立ち去ってしまった。

「放っといていいんか」

「しょうがあんめえ。やる気がねえんじゃ」

正は事務所には寄らず、そのまま家へ帰ってしまった。夕方造園の係がもどってきて、正が来てないことが分かった。

「あいつはいらねえ、邪魔になるだけだ」

「そんなこと言わないで、少し面倒みてやってよ」

「いいや、金をもらってもいらない。どだいやる気がねえんだから」

事務所から連絡を受けて、父親がこんこんと言って聞かせた。

「お金をもらって働くんだから、おもしろくないとか、きついとか、うまくできないとか、そんな甘ったれた考えではだめだ。お父さんだって、会社は楽しくておもしろくて、それでお金をくれるわけじゃない。きつくても我慢しなくちゃ。何と言われようと、新米なんだから〝ハイハイ〟と頭を下げて聞かなくちゃ、上の人たちもみんなそうしてやってきたんだ。男は将来家庭を持たなきゃならんのだ。ちょっとくらいのことで……」

ふてくされて聞いていたが、翌朝職員が迎えに来て話し込んでいるうちに行く気になった。

「……出勤人数が確定すると、レストランのほうから昼食時に休憩室へその日のメニューが届けられるんで、きのうみたいに途中でいなくなったりすると、その分無駄になってしまうんで、帰るんなら食事を済ませてからにしてほしいな。今日はカツカレー人気のメニューなんですよ」

迎えに来た事務職は、たまたま子供が正と中学の同級生だったので、彼のことを知っていた。勉強はだめだが給食は大好きで、残り物を何度もお代わりして平らげる大食漢なので、食い物で関心を引けば出てくると、子供に知恵をつけられてきた。それが図に当たった。今どきの若い者はなっぱ服で外の仕事はしたがらない。せっかく向けてもらった子なのでなんとか定着させたい。

次に与えられた仕事は車の誘導だった。車は好きだ。車を買う時、手の届かない高級車のカタログをいろいろもらってきて、飽かず眺めて楽しんでいた。本物のすごい車が見られると嬉しくなった。実際は入ってくる車を鑑賞しているほど呑気ではない。番号標示のポールごとに駐車台数が決まっている。入ってくる車を勘定して、各レーンに振り分け誘導するのだが、収容台数が頭に入っていないから、どんどん入れてしまい、にっちもさっちも動きがとれなくなってしまった。

「どうなってるんだ」

「何やってるんだ」

「どこへ入れるつもりなんだ」

運転者は早く車を置いて中へ入りたい。車の外へ出てきて怒りを爆発させる者もいる。そうなると余計に混乱が広がってしまう。

主任が飛んできて平謝り、まずは流れを止めて、順次バックしてもらい、誘導し直す。

「せっかく楽しみにして来たのに――最初から嫌な思いをさせられて――」

みんなカンカンだ。

「いやになっちゃうねえ」

「仕事を増やすだけだ」

気の短い先輩が、一発げんこつを食らわせた。今までもからかわれたり、ばかにされたりはしてきたが、ほとんどが言葉によるものでいきなり実力行使に出られるとは予期していなかった。しかも、このげんこつが思いの外痛かった。正は泣きべそをかいて、さっさと家へ帰ってしまった。ただでさえ忙しい現場、やり直しをしたためにひどい混雑になってしまった。とりなしなどしている余裕はない。遅い昼食を交替で取って、暗くなってゲートを閉めるまで仕事は続く。

「今日はまいったなあ」

「あんやろうのためにひでえ目に遭った」

「だが暴力はいかんで」

「口で言って分かるようなやつじゃねえや」

「まあなあ」

反省会というほどのものではないが、帰る前に自然と集って話になる。

「あしたはやっちゃだめだよ。帰りがてら寄って話をしておくから」

主任が正の様子を見に立ち寄ったが、ふてくされて顔を出さなかった。

「クルクルパーなんで、本当にご迷惑をお掛けして申しわけございません」

父親は恐縮して言った。

「周囲の者にもよく言っておきますので、気分を直して出てくるようにお伝え下さい」

主任はそれで引き取ったが、行きがかり上明日迎えに行かなければと思った。厄介者を背負ってしまった。このまま退職してくれたら助かる。来られたらまたお荷物だ。

翌朝、出勤前に声を掛けたが顔を見せなかった。

「昨晩よく話し合ったんですが、働く気がないようで、本当に申しわけありません」

父親は疲れたように言った。

「若い人はどこでもほしいところなんでしょうが、本人が決めることですから」

主任はほっとして言った。

だが、四、五日するとひょっこり現われた。

「よく来たなあ、やる気になったのか」

「はい」

あっけらかんとしている。

「レストランで働いてみるか」

「はい」

調子がいい。

「皿洗いやってくれ」

最初は洗い物だ。しかし、家でもやったことがない。汚れが落ちていない。たたきに落として何枚か割った。

「本当にぶきっちょだなあ」

造園で追い出された話はもう伝わっていた。

「もういいや、皿をみんな割られちゃう。床の掃除やってくれ」

「自分で割ったの始末するんだ。それから、下に落ちているビニールや野菜くず、向こうの清掃用具の倉庫にホウキとチリトリがあるから、それで——」

「何ぼんやりしてるんだ」

「どこに倉庫あるんですか」

「しょうがないな。こっちだ」

扉を開けると油缶や米袋などの材料がびっしり整理されて積まれている。

「これみんな使うんですか」

「うんだ、感心してないで掃除用具持っていってすぐやんだ」

「どこに……」

「目の前にあんじゃねえか」

指で差されてようやく手に取った。

「ほんとトロイなあ」

案内してくれた男はぶつぶつ言いながら先に行ってしまった。

調理場へもどると、突っ立ったままみんなの仕事を見ている。

「さっさとやれさ！」

言われてホウキを振り回すが、床にへばり付いたビニールや菜っ葉の切れ端はそのままだ。

「そんな格好でなで回していたではだめだ。お前がやった後見てみろ。全然きれいになってねえじゃん。ごみがそのまんまだ」

「くっついて取れない」

「ばか、取れなきゃ手で取ればいいじゃねえか、手ではがすんだ」

「きたない」

「ばかやろう。なまいき言うな。汚いからきれいにするんじゃねえか」

正はむくれたが、のろのろと手で取ってチリトリに集めていった。

「邪魔っけだ。出ていけ」

怒鳴られて調理場の隅へ避難した。ぼやぼやしていれば、またげんこつを食らいかねない。ここは職人気質が強いところだから余計に危険だ。

「事務所へ行って仕事もらえよ」

そう言ってくれる人がいた。お昼までねばらないと給食にはありつけない。

「本当に目障りだな」

「あんなやつに金払うのか」

「そんな金があんならこっちさよこせ」

後ろから罵声が追ってくる。仕事のないのはさほどこたえない。むしろ楽でいいと思っている。

「調理場もだめだったか。それでは、園内のゴミ拾いやってもらうか。芝生の上や道をきれいにする。お客さんたちに気持ちよく過ごしてもらうために。護美籠《ごみかご》が設置してあるから、その中のゴミをビニール袋に集めてきます。出た所の倉庫に用具はあります。必ず手袋をやって、けがするといけないから。後で見に行きますから」

「はい」

「だめだよ、ちゃんと教えてやらないと。ひとつひとつ手に取って」

年配の人が口を挟んだ。

「このゴム手袋をやって、ゴミ専用の袋がここにありますから、その中へ掻き集めて、いっぱいになったら、この倉庫の脇に積んで下さい。夜になったらゴミ収集車が取りにきます。何か分からないことがありますか」

「いや」

「分からないことがあったら事務所へ来て下さい」

正はうなずいて外へ出た。が、暑い。

「外の仕事は向かんのだよなあ」

ぶつくさ言いながら車を引いて芝の上を歩き出した。ジュースの空缶、紙パック、敷き物代りにした新聞紙、せんべいやキャンディーの包装紙など細かくちぎったのが散らばっている。芝の間に入り込んだのを取り出すのが結構面倒だ。

「みんなエチケットだめだなあ。〝ゴミは持ち帰る〟って書いてあるのに全然守れてない。だめだなあ」

文句を言いながら歩き回っていたが、暑いのに嫌気がさして木陰に入って腰を下ろした。そこへ主任が来て声を掛けた。

「どうした、もう休憩か」

「こんな広い所一人じゃ無理だな」

「一人じゃないよ。手の空いた者がみんなできれいにするんだ」

「でも、今は一人だけ」

「そうだな」

「応援が来なくちゃ、やる気がしない」

「みんなはそれぞれ自分の持ち場があるからそれをやっている。ここが君《きみ》の持ち場だ。しっかりやりなさい」

主任はそれ以上応援のことには触れなかった。いろいろ問題が出てくると彼の所に持ち込まれる。正も目を掛けなければならない問題児のようだ。

主任が行ってしまうと、その辺をぶらついて十一時半には、待ちきれなくなってレストランに入っていった。

「こっち、こっち——職員はこっちの部屋」

社員休憩室で食事は取ることになっている。今日は煮魚定食だ。

「魚より肉のほうがいいのになぁ。こいつは骨があって面倒だ」

文句を言いながらぺろりと平らげた。まだ物足りない。冷水をがぶ飲みして足しにする。

レストランのほうは、だいぶ客席が埋まってきたが、職員はだれも入ってこない。

「みんな何してるんだろうな」

坐っていても何も食べる物はない。部屋から出ていこうとすると、おばさんに怒鳴られた。

「食い逃げはだめだよ。食器を下げて……」

さっきからチラチラとこちらを見ていた。

「食べ終わったら持ってきてね」

「ごちそうさま」

うなずいて外へ出た。

「面倒くさいなあ、食器を下げて洗うのは自分たちの仕事だろう」

木陰の休憩場所にもどってきた。

「ああ、かったるいなあ」

正はあおむけにひっくり返った。いい気持ちになってとろとろしているところへ声を掛けられた。

「どうした、具合でも悪いのか」

「ああ――いや、どうもない」

半身を起こすと事務所の人が立っていた。

「ちょっと来てくれないか」

事務所に呼ばれて主任から退職を言い渡された。

「ここには、君に向いた仕事はないようだ。あしたから来なくていい。夜うちのほうへ行ってお父さんに話をするので、伝えておいて。もう今日はこれで帰っていい」

「はい」

正は悪びれた様子もなくさっさと事務所を出ていった。もともと働く意欲はなかった。また、どうしても働かなければならないという事情もなかった。

「まったく、あいつは――」

「あれじゃどこへ行っても勤まらない」

「家でも困っているだろうな。まあ、一生飼い殺しみたいなもんだ」

若い労働力は必要だが、若いだけでは用を為さない。とにかくやる気のない者を抱え込む意味はない。慈善事業ではないのだ。

父親は諦めていた。夜になって主任が来た。

「ご迷惑をお掛けしました。普段から様子を見ていてよく分かります。皆さんと一緒にやっていけるとは思っていませんでした」

と平身低頭で引き取った。

「これは出勤した分」

封筒の金を差し出した。働いた分とは言わなかった。

「とんでもない」

父親は恐縮して受け取りを拒んだ。でれでれやっていて事故でも起こして損害賠償でも請求されたのではたまらない。そんなことにならないうちにやめてくれてほっとしている。目の届く所に置いておくほうが安心だ。将来のことを考えれば、無理にでも施設に押し込んで何か手に職をつけさせたいのだが、本人にまったくその気がない。たとえ入所させても、すぐ逃げ出してくるに決まっている。犬や猫ではないから首に縄をつけて引いていくわけにもいかない。心配したところでどうにもならない。成るようにしか成らないと投げていた。


そのころ高子がランの栽培をやりたいと言い出した。唐突だった。

「やればいいじゃないか」

「フレームを作らなくちゃなんないんだ」

「……」

「デンドロやシンビジュームは寒さに弱いんだ」

「ふーん、家みたいなのか」

「まあ、そんなに大きくなくてもいい。三、四坪あれば。あんまり大きいのを造ったら冬に暖房費が大変だ」

「何だ本格的だな」

庭をほじくって何か花の球根でも埋めるのかと思ったら温室栽培をやるのだという。言い出したらやらずには収まらない。

「フレームを造るのと、あとは温度調節の費用くらいかな」

「相当かかるだろう」

「七、八十万くらいかな」

「……」

「いいね」

「なんでそんなにかかるんだ。その辺に植える物をやればいいじゃないか」

「ランはそれじゃあだめなんだ」

「そんなに金をかける価値があるのか」

「あるよ、うまくいけば」

「販売でもするのか」

「素人にそりゃ無理だよ。ただ、やるのが楽しみなんだ」

「むだじゃないか」

「わたしにだって楽しみがあってもいいじゃない」

「そんな大金かけなくったって……」

「ランをやりたいの」

言い出したら後に引かない。

「ただ買ってきて温室に入れとくだけじゃつまらないだろうに」

「どんどん増やすの。いい品種だと高い値がつく」

専門家が何千鉢と育てている。三鉢や五鉢作ったところで売り物にはならない。何を夢見てるんだ。もったいないと思ったが、相談ではなく決めているのだ。機嫌を損ねる前に折れた。

セメントの土台を打って、本格的にガラス張りのフレームを組み立てた。規格によって大量生産されているので割安にはできたが、高い道楽だ。

「いいでしょう」

高子はご満悦だった。

そこへ豪華な花の咲いている蘭が十鉢ほど入った。

「いいでしょう」

「いいけど、花の咲いてるのじゃしょうがない。苗から育てなくちゃ本当の楽しみは分からない」

「じゃなくて、葉っぱだけじゃどんな花になるか分からない。実際に花を見て買わなくちゃ」

「……」

「花が終わったら株をほぐして植え替えをすればどんどん増やせる。『いい花ねえ、分けて頂戴』って頼まれれば譲ってやる。そうすれば元を取り返せる」

「取らぬ狸の皮算用だな」

ぼそっと言ったが有頂天になっている彼女には通じなかった。

ＮＨＫの月刊『趣味の園芸』と放送に首っ引きで世話をしていたが、間もなくやめてしまった。フレームには茶色くなった細い葉の数鉢が放置されたままになっている。

「ランは素人には難しいんだよ」

何とも言わないのに高子のほうから弁解がましいことを言った。それっきりドアも窓も開けっ放しで次の植物が入る様子はなかった。

「あいやーハァ、やんねえのか」

通りがかりの近所の人が声を掛けても不機嫌にムッとした顔で返事もしなかった。

使われなくなるとたちまち壊われ朽ちていく。窓がはずれて落ちると、中の台も変色し崩れ始めた。案外とやわな造作だ。もうランには見向きもしない。

しばらくすると毛糸をしこたま買い込んできた。みんなのセーターや手袋を編むのだと張り切っている。しかし、子供のころやったきり、先生について本格的に習ったことはない。本を買ってきて見たがさっぱり分からない。少しは勉強しなくてはと、毛糸屋に紹介された編物教室に通い始めた。もともと器用なほうではない。細かい指先の仕事は性に合わないのだが、自分で言い出したことなので引っ込みがつかない。ランで失敗して編物でもミソをつけたのでは、立つ瀬がない。本腰を入れてやってはいるのだが、よく編み目を落としては注意される。

「新人なんだから大目に見てくれればいいのに、初めっからダメ、ダメ、ダメってやられたんじゃやる気がなくなっちゃうよ。教え方へただなあ。やっぱり個人教室でなくちゃ」

仲間たちの前で指導されるのがよほどこたえたらしく、手袋もセーターも編みかけのまま投げ出してしまった。

「まあ、ぼちぼちやればいいさ」

宏がそう言って慰めたが再び毛糸の玉を手にすることはなかった。


正は職場を追われてからは、朝十時ごろまで寝ていて食事をすると、横になってテレビを見ている。特に気に入りの番組があるわけでもない。ぐるぐる回して飽きるとそのままグーグー昼寝に入る。

「そんな所でごろごろしてないで、庭の草でも取ったらどうだ」

母親に言われても動かない。

「邪魔っけだよ」

「うーん」

目がくっついている。食うことと寝ることしかしない。それが二年以上続くと極普通の生活として、だれも違和感を持たなくなってしまった。

「おれ自動車学校へ行く。教習は十八歳前から受けられるんだ」

「へーえ、行くのはいいが、免許取れるあてがあるのか」

「取れるさ」

見込みはないが、目的意識を持ってやろうとするのはいいことだと、父親は費用を出してくれた。が、運転は二倍以上時間を掛けてようやく修了したが、学科がなかなか受からない。問題は数種類あって、それを回して使っているというから、五回、六回と受けていれば同じ物だと気づくはずだが、それがだめだ。残って教習仲間に特訓をしてもらい、ようやく合格点をもらって教習所は修了した。しかし、今度は県の免許センター試験が受からない。これも問題は同じで一定のサイクルで回しているというのだから練習効果がありそうなものだが、それがない。諦めそうなものだが、珍しく諦めない。十回以上通いつめて合格点に達したらしい。らしいというのは、自分で判断したわけではなく、当てもののように無造作にチェックを入れていった。それだけのことだった。

「よく受かったなあ」

「ああ、今度のは簡単だった」

「なまいき言って……」

いっそのこと受からなければそのほうが良かったのだが。車を買って乗り出したら事故が心配だ。とにかく不器用で、とっさの機転が利かない。自損事故なら仕方ないが、人様をやってしまったらどうしようもない。また心配の種ができてしまった。

もうじっとしていない。車屋を片っ端から回ってカタログを集めてきて飽かず眺めている。

「田舎は道が狭いから大きなやつはだめだぞ、田んぼにおっこちたり脱輪したり、すれちがいにこすったりぶつけたり……小さい軽がいいんと違うか、今は普通車並みに性能がいい」

「そうだね」

珍らしく素直だ。

「二人とも乗せてやるよ」

「いや、わたしは遠慮するよ」

「わたしは乗せてもらうよ。お前を信頼して」

「どこへ行く？」

「どこだっていいさ。家の中にじっとしてたではくさくさして精神衛生上よろしくない」

「早く車来ないかなあ」

「註文しろさ。型決めて」

二人はもう意気投合している。

届けられたのは、角ばった箱形の車だった。

「風の抵抗を受けそうだな」

「そうかなぁ、今はやりなんだ」

「一世紀以上前ヨーロッパで走っていたような。それに黒は汚れが目立つ」

「いちいちケチをつけなくったって、本人がよければいいじゃない。あんたが乗るわけじゃないんだ」

正が黙っているので代って反撃に出た。

「いや、ケチをつけるつもりなんかないが、クリーム色みたいな、明るいのを選ぶかと思ったが」

「次にそうすればいい」

「おいおい、高い物だ。そんなに簡単に買い替えるわけにはいかんよ」

藪蛇になってしまった。

「眺めていないで走らなくちゃだめじゃないか」

「どこへ行く？」

「どこだっていいさ」

「よーし、木更津のデパートへ行くか」

「いいよ」

「おいおい、初めっからそんなに遠出して大丈夫か」

宏が心配して言った。

「だいじょうぶ。一本道だからゆっくり」

「母子心中になったら大変だ」

「なにヤキモチ焼いてんだハハハ……」

三人は声をあげて笑った。

遊ぶことなら話は早い。ものの二十分でとことこ車は動き出した。

「もっと速く走れんのか、とろいなあ。スピードあげてスカッとしなくちゃ気分転換にならないよ」

「安全第一」

「何言ってんだ。スピード出すの恐いんだろう」

「そんなことないさ。しばらく乗ってないから慣れるまで……あんまり話し掛けないでよ気が散れる」

「そっか、分かった」

高子は文句を言いながらもうきうきしていた。これが木更津詣でのスタートになった。

田舎の見通しのいい一本道だが、サードギヤからトップに入れられないで、制限速度四十キロ出すのが精一杯だ。

後続の車が十数台も連らなり、煽られるのだが怖くてアクセルを踏み込めない。対向車がなくなると、腹立たしげに爆音をあげて抜き去っていく。気の短いのは高音でクラクションを鳴らして道を譲るよう催促する。

「バカヤロウ、てれてれ走るな！」

「みんなが迷惑するんだ、お前なんか運転するな」

「後ろ見てみろ、免許あんのか！」

すれ違いざまに罵声が飛んでくるが首をちぢめてやり過ごす。

「何言ってんだ、天下の公道だ。ゆっくりだろうがスピード出そうが勝手じゃないか」

この時ばかりは息子の擁護に回る。

「お母さんだめだよそんなこと言っちゃ」

運転者は大型車の怖さを知っている。幅寄せを食らったり追突されそうに煽られたり、命の危険を感じる。

一度などは、幅寄せを食らった後、いきなり車の前にダンプを止められ、降りてきた運転手に一喝された。

「こちとらは生活が掛かってんだ。お前ら遊びに付き合わされたんじゃたまんねえ。走りたけりゃ他の道を走れ、でれすけ野郎！」

正は恐怖で青ざめ、泡を吹いてひっくり返ってしまった。もともとてんかんの発作を持っている。

「なんだこいつは……」

怒鳴りつけた運転手は、びっくりして車へもどるとスピードをあげて行ってしまった。

暴行でもしたと思われたのでは厄介なことになる。後続の車は、横目で停車したままの車を覗き込みながらゆっくりと通り抜けていく。

高子は仕方なさそうに正気にもどるのを待っている。彼女が動揺しないのは、前にも何度か発作を起こしたことがあったが、すぐもどるのを知っていたからだ。小学校ではよくイジメにあった。いつもというわけではないが、何度か泡を吹いて倒れた。倒れないまでも、気分が悪くなって保健室で休ませてもらったことは仮病も含めてよくあった。担任が注意しても子供たちのイジメはなかなかなくならなかった。彼も給食の時間になるとけろっとして教室にもどってきた。そして、何度もおかわりをして旺盛な食欲を見せた。周りも初めは気遣ったが、大事《だいじ》ないと特段の配慮をしなくなった。

実際この時も、数分後には平気な顔をしてトコトコと運転を始めた。行き先はいつものラーメン屋だ。

「先行き困るぞ、もっと重い身障者だって働いているのに……」

たまに宏が愚痴ともつかない小言《こごと》を言うが、正はまったくその気がない。

「自分に合った仕事がないんだよ」

「まあ、木更津に行ってれば何か見つかるかもしれない。慌てたってしょうがない」

高子が擁護する。二人で共同戦線を張られたのでは仕方がない。

「処置なしだな」

そこで引いてしまう。

三人というのはどうも一人が疎外されるようだ。この場合二人が異常なだけに始末が悪い。宏がもう投げているのをよいことに、いよいよ増長して外へ向かって活動の場を拡げていく。

市役所や福祉事務所へも臆することなく出かけていって、認知症の夫を抱えての窮状を訴え続ける。

しかし、この母子のうわさは狭い地域の中ではかなり知られるようになっていた。無論そんなことにはお構いなく、行く先々で〝認知症講座〟を開帳。「頭のおかしな夫の介護で毎日くたくたになっている……」と声を張り上げるが、周囲の反応はいまひとつ。だが怯むことなく同じ話を繰り返す。正は少し離れた所で母親の活躍をぼーっと見物している。

高子は認知症については一生懸命だが、夫の癌や手術に関してはまったく関心がない。

そんな彼女が虫垂炎で四日ほど入院した。正は行き場を失って、家や病院の周囲を車でぐるぐる回っていたが、母親には会わず引き返した。

どういう風の吹き回しか、突然茂を訪ねてきた。

「嫁さんになる人いませんか」

唐突にそう言った。

「なんだ……きみの相手か」

「そうです。このままだと後継者がいなくなります」

「そういうことになるね」

「叔父さん見つけてもらえないですか」

「その気になったのか」

「はい」

「しかし、どうやって嫁さんを食わしていくんだね。結婚すれば子供もできる。それも養っていかなければいけない」

「まあ、何とかなるでしょう」

「遊んでいたんでは、何とかならない」

「そうですか」

「そうだよ。働いてお金を稼がなくては。だいたい文無しのプータローなんかと結婚しようっていう女性はいないよ」

「田舎には若い女性がいないんですよ。みんな都会へ出てしまって」

「そうだよ。みんなそこで働いて生活している。遊んでいたんでは飢え死にしてしまう。君は嫁さんに食わしてもらおうと思っているのか」

「……」

「だめだね」

しばらく黙っていたが、立ち上がってぶつぶつ口の中で何か言いながら玄関へ向かった。

「帰るのか」

「いるかと思ったけど、だめだった」

「嫁さんより仕事が先だ。生活が安定しなくては来手《きて》はない」

「今だって安定してるんだけど」

ぼそっと言って帰っていった。以後この話をすることはなかった。母親の尻を追いかけていて、他の女性には興味はないのかと思っていたが、やはり人並みに結婚願望を持っていたのだ。そうならば——それを餌《えさ》に仕事に目を向けさせたらどうか——しかし、ぐうたら生活にどっぷり浸り込んでいる。ちょっとやそっとのことでは変わらないのではないか。『今だって安定している』とうそぶいていた。やっぱりむだだ。茂はこちらから水を向けるのはやめにした。

義姉から頼まれていた手術の日が来た。今回も妻と二人で指示された五階のナースセンターへ行った。普段通院している患者なので、保証人の書類にサインするだけだった。兄は目を閉じて青ざめた感じに見えた。なまじ声を掛けたりして動揺させてはいけないと思い黙っていた。気がついたら目くばせをすればいい。無事に終わるのをそっと見守るだけだ。

間もなく迎えのベッドが前を通っていった。何もかも機械的に進んでいく。そっと頭を下げて見送った。

もう医師の手に委ねられたのだ。心配してもしょうがない。出てくるのを待つだけだ。が、やはりいろいろなことを考えてしまう。

舌のどの辺りに、どのくらいの病巣ができているのだろうか。血管が集中している所だけに止血が難しいのではないだろうか。血が吹き出してきて、口の中は血の海になってしまうのでは。気管に流れ込むことはないのか。心配しても仕方のないことだが押さえ切れない。

「どのくらいかかるのかなあ」

「三時間くらいって……」

「そんなに……」

妻は黙ってうなずいた。

「そんなにやってたら疲れてしまうじゃないかなぁ……まだ半分だ」

非難がましい口調になる。じっとして待っているのではなかなか時間は経《た》たない。それだけで神経がすり減ってしまう。

「少し外の空気を吸ってこようか」

「でも、何かあったら……行ってくれれば」

「ああ……」

結局、腰を浮かせただけで動けなかった。今日は遅くなってもいいように、車で五分ほどの所に宿を取っておいた。兄と共に腹をくくって手術の終わるのを待つ。それだけのことなのだが落ち着かない。肩が張る。首が痛い。立ち上がってぐるぐると動かしてみる。

「まいったなあ」

愚痴も出る。こんな時、女性は偉いなあと思う。

ようやく兄が運ばれてきた。立ち上がって覗き込む。赤黒くむくんでいるようだ。

「成功、きれいに取れました」

三十代の若い医師が声を掛けてくれた。

「よかったですね」

看護婦も笑顔で続けた。

「出血はしばらく続きますが大丈夫ですよ。心配ありません。ナースセンターで見ていますし、巡回もしていますから」

モニターで全床監視しているのだという。

「有難うございます。よろしくお願いします」

深々と頭を下げた。

〝プープー〟と血の泡を吹いている。麻酔が効いているのか目を閉じたまま激しく肩で息をしている。意識はまだもどっていないようだ。麻酔が切れたら苦しむだろうなあと想像して辛い気持ちになる。義姉が気持ち悪いというのも分からないでもないが、不愉快なもの言い方だと思う。呼吸が苦しそうで辛くなった。いったん廊下へ出たが、醒めた時辺りに誰もいないのでは心もとなかろうと、ベッドの足もとに折り畳みの椅子を開いて腰を下ろした。

苦しみを少しでも分かち合えたら気持ちが楽になるのだろうが、ただ見ているだけだ。小一時間で目を細く開けた。少しずつ意識がもどってくるようだ。これからが大変だ。どんななんだろう。神経と血管が束になっている、どこをどれだけ切除したのかは分からないが、動かす度に出血するのでは。歯や歯茎に触れるたびに飛び上がるような痛さが脳を突き上げるのだろう。まいったなあ、今夜は一晩中出血と痛みは止まらないだろう。明日もだめだ。これから何日くらい続くのか——想像するだけで苦しくなる。

当面は、口を動かすのは無理だ。リンゲルか何か点滴で栄養補給をすることになるのだろうが、食べなくてはしょうがない。いつになったら傷口が固まって、重湯やジュースを摂ることができるようになるのだろう。滲みて痛いだろうなあ。熱い物も冷たいのも……固形物は当分だめだ。かなわないなあ。前回も同じ苦痛に耐えてきたのだ。何で兄ばかりこんな苦しみを背負わされるんだ。癌は遺伝的なものという説もあるが、家系にあるという話は聞いていない。何で一人だけかぶってしまったんだ。それに、義姉も息子もよりによって……ひどいことに。二人とも救いようがない。こんな時こそ支えになってほしいのだが、むしろ兄を更に苦しめるようなことを次から次へとやっている。まったく家族としての体をなしていない。夫が父が、苦しみ喘いでいる時にどこをほっつき歩いているのだ。頭がおかしいのは分かってはいるが——怒りを抑えきれない。

血の泡を吹く口元を見ていられない。が、意識がもどった時に誰もいないのでは申しわけない。だが、わたしが病人だったら——あまりこういう姿を人には見せたくない。いろいろな思いが交錯するが、結局廊下に出てしまった。

「気の毒だなあ」

「痛々しくて……」

妻も細い声で続いた。部屋を出ても会話はない。

「ちょっと様子を見てこようか」

「そうね」

相変わらず肩で激しく息をしている。後ずさりしてベンチにもどる。

「どうもご苦労さま。もう、前の時でこりごりした。気持ち悪くて卒倒しちゃう。でも良かった。茂さんたちが来てくれたんで」

高っ調子な声が周囲に響く。義姉と息子が姿を現わした。

「ああ、無事に終わったようですよ。先生も看護婦さんも、そう言って下さったんで、ひとまず安心」

「そう、いいでしょう。ここは完全看護だからもう心配ない」

なんだかおかしな雰囲気になってきた。妻の言葉が何か気に障ったらしい。

「そうですか、では、ちょっと様子を見て帰らせてもらいましょう」

腰を浮かせると、声の調子が変わった。

「もういい、帰っていい」

「ちょっと顔を見て……」

「もういいの」

形相が変わった。

「もういいって言ってるでしょ。分かんないの！　帰って！」

怒声に変わった。何事かと、遠くの人が立ち止まってこちらを見ている。これはだめだ。

「はあ……」

「帰れ！　何度言わせるの」

「分かりました。失礼します」

妻に目くばせをした。これ以上ぐずぐずしていたら大騒ぎになる。

「それではお大事に」

あっけらかんとしていた態度が急変した。息子はにやにや笑っている。どういうことなのか、この二人の頭の中はまったく分からない。

「車へもどって、一呼吸置いたら様子を見に来よう」

小声で妻に言って病棟玄関を出た。母子も追ってきて、外へ出た所で突っ立ったまま茂たちを見ている。本当に引き揚げるかどうか確認するつもりのようだ。

「何を怒っているんだろう」

「最初は調子良かったようだけど、急にがらっと変わったんでびっくりした」

「ああ、顔を見て……と言ったら怒り出した。怒ることはないと思うんだがなあ」

「自分は見たくない、それを……」

「うん、そうか。それとも――自分が頼んだのは立会人で、それ以上勝手なことはするなと……」

「あれ、まだ立ってこっちを見てるよ」

「執念深いなあ。我慢くらべで車を出さないで様子を見ようか」

「止《や》めなさい。本気で怒り出したら大変」

「こっちが怒られる理由はないんだ。人を呼びつけておいて――どういうつもりなんだ。〝もういい帰れ〟はないだろう」

妻に当たっても仕方ないが、つい口を突いて出てしまう。

「何かあったのかしら」

「あったって……あんな言い草はない。狂ってるんだ。だいたい、ひとに頼んでおきながら〝もういい帰れ〟はないだろう。〝あんた弟だから来てくれ、私は気持ち悪いからいやだ〟ひどいじゃないか。何様のつもりなんだ。兄がかわいそうだ。普段どんな目にあわされているか……二人が組んで、いびっているに違いない。とにかく性格が悪すぎる」

義姉に対する怒りが突き上げてくる。

「姿見えなくなったけど、中に入ってこっちを見てるんじゃないかしら」

「ああ、たぶん。車が出ていけば安心するだろう。ちょっとその辺回ってくるか」

行くあてもないが、近くのスーパーの駐車場に入った。しばらくそのままじっとしていたが落ち着かない。

「そろそろ……」

妻は黙ったまま首をかしげた。怒声にショックを受けたようだ。

「店に入ってみる？」

妻はうなずいたが、すぐには降りようとはしない。ほしい物があるわけではない。だが、車の中は空気も悪いし気分も悪い。とにかく外へ出る。

ざらざらっと野菜や果物の上に目をやって通り過ぎた。

「行ってみようか」

「会ってしまったら……具合悪くない？」

「そうか……」

喫茶軽食の店がある。何もほしくはないが紅茶とコーヒーを頼んだ。ちょっと口をつけたままカップを見つめていた。

「そろそろどうかな」

妻は黙っていた。顔を合わせてはまずいがここに居ても落ち着かない。

「行ってみようよ。彼らだってそれほどご執心じゃあるまい」

病人についても我々についても思い込みがあるわけではあるまい。常人には彼らの心理は読めないが、刹那的に行動しているように感じられる。

駐車場に彼らの車は見当たらない。だいじょうぶそうだ。だいたい、手術が気持ち悪いという人間が、血を吹いている病人のそばへもどるはずがない。が、一応部屋の周辺や中の様子を伺ってみる。人の気配はない。

患者の容態はコンピューターで把握できるようになっていると看護婦が言っていた。本当に誰もいない。

兄は赤い顔で荒い息遣いをしている。熱が出ているようだ。これでだいじょうぶなのか。下熱剤や痛み止めはやってくれているのだろうか。苦しそうな姿を見ていると不安になる。

ナースセンターで様子を聞いてみる。

「だいじょうぶですよ。脈拍も呼吸も……麻酔が切れる今晩つらいですが、それを越えれば、だんだん楽になります」

若い看護婦がやさしく、しかし、自信を持って言うのが、いささか引っかかる。

呼吸の度に血をぶくぶく吐いている。なかなか止まりそうにないし楽になりそうもない。気休めを言われても、ハイそうですかと素直には受け入れられない。とにかく、早く血まみれの惨状を救済してもらいたい。

だがどうしようもない。止血剤もそうそうは打てないだろうし、痛み止めも回復を遅らせると聞いている。じれったい。〝何とかしてほしい〟と言いに行きたいが、無理なことは分かっている。それで、ナースセンターの前を行ったり来たりして、何か話のきっかけを作りたいと思った。

「どうしました」

看護婦が声を掛けてくれた。

「いや……あんまり苦しそうなもので……」

何とかしてほしいとまでは言い出せなかった。

「わたしたちも患者さんと一緒に頑張りますから」

そう言われて思わずぐっときた。

「有難うございます」

頭を下げてゆっくりと引きさがった。患者にしっかり寄り添ってくれる。その言葉を聞くだけで嬉しかった。

「行こうか」

病室の前に腰掛けている妻を促した。

「いいんですか」

「ああ」

「ナースセンターの前でうろうろしていて、変に思われたんじゃないの」

「ああ」

看護婦に一声掛けて病院を出た。

「お疲れさま、ひと風呂浴びてガバッと飲みたいね」

妻もいくらかいける口だ。

「あの連中に聞かせてやりたかったなあ。……看護婦さんが『患者さんと一緒に頑張る』と言ってくれた。涙が出そうになった。若いのによくできた人だ。全幅の信頼を寄せていい……それにしても、あの二人はなんとかならんのか」

怒りは愚痴になる。

「正さんは、運転ができるくらいだから、お父さんのこと、もう少し……」

「分かってるんだが、母親についていた方が得だから腰巾着になっているんだ。母親も親としての自覚がない。遊んで歩くのに利用しているだけで、子供の将来のことなどまったく考えていない。今よければいい。そんなもたれあいなんだ」

「気の毒ねえ」

「今さらしょうがない」

腹を立てても嘆いても、あの二人が兄の面倒を看る気になってくれることは考えられない。病院側にすべてお願いするしかない。そう割り切らないことには、自分たちまでおかしくなってしまう。

「まともじゃないんだからしょうがない」

「大変ねえ」

いつまで経っても不快さを引きずっている。明日は朝早めに顔を出して帰ることにした。

半年ほどして兄から手紙が来た。

先日はわざわざ有難う。退院してすぐにも電話をしたかったが、口を開くと舌が引き吊って痛くてうまく言葉にならないので失礼してきた。申しわけない。手術はうまくいったのだけど再発してしまった。もう三度目は、この病院では無理なので、県立癌センターでやってほしいと、紹介状を書いてくれた。気は進まないけど、行かなければこれで終わりだと考えて、もう一度やることにした。七月六日午前十一時までに受付を済ませるようにということ。ついては保証人になってほしい。わざわざ来てもらうことはない。三文判で、サインは適当にしたので了解を願いたい。というものだった。

すぐに電話をした。折り良く兄が出た。二人はすでに出発したようだ。

「いいですよ話さなくて。痛いでしょうから。七月六日十時ごろまでに車で行っています。心配しないで。三、四十分で行けますから。じゃあ、センターで」

「ああ、ご迷惑掛けて済みません……」

ほっとしたようだった。気丈な人だがやはり弱気になっている。

あの二人は、癌センターへ来ることを知っているのだろうか。知らないで、後になって騒ぎ出すのだろうか。それとも、気にも留めずに遊びほうけているのだろうか。とんでもないやつらだ。だが……兄は諦めて話もしていないのかもしれない。どうせ話しても、気持ち悪いと相手にもされないのだろう。ひどいやつらだ。こんな時こそ、夫婦や親子の支えが必要なのに。どうなっているんだ。正気になってほしい。もしものことがあったらどうするのだ——考えたくはないのだが、残酷過ぎる。

いろいろ思い巡らしてもどうにもならない。兄が少しでも気持ちを楽に持って手術を受けられるように、せめてこちらで気配りをしていこう。悲しいことだが。しかし、あの連中のことをどう思っているのだろうか。触れたくないのなら、こちらも気をつけて会話には乗せないようにしなければならない。だが、それも不自然な話だ。

いずれにしても壊れた家族関係をずっと引きずっていかなくてはならない。それではあまりにもひど過ぎる。兄のために何か良い方法はないものか——連中をつかまえてしっかりお灸をすえてやりたい。しかし、そんなことをしても、まともになることは期待できない。更に激しさを増す可能性もある。とすれば、彼らのことは置いて目の前に迫った手術が無事に終わることだけを考えればいい。本人はピリピリしているだろう。少しでも和らげるように寄り添っていければいい。

兄の来る電車とバスの時刻を調べて、一時間前に癌センターに入って待った。予定の時刻ぴったりに入ってきた。半袖の開襟シャツにボストンバッグ一つ、いたって軽装だ。

「どうも、どうも……済みません」

空気が漏れるような感じがする。

「ああ、しゃべると痛いんでしょ。無理しないで……受付、やりましょう」

普段は几帳面で、てきぱきと手早くこなす人なのだが、なんとなくうわの空だ。やはり動揺は隠せない。

茶封筒を取り出して中身も確認せずに手渡した。病院の紹介状、入院申込書、注意事項、預託金などまとめて入っている。そつがない。

受付窓口に紹介状を出すと、番号札をくれた。掲示板に番号が出たら外来窓口で保険証や書類、預託金などを提出するように、それが済んだら番号が呼ばれ、入院病棟へ移動するのだという。ここへ来る者はみな癌患者なのだろうが、やはり他人には知られたくないようだ。入院中は全て番号で呼ばれている。兄は三十二番だ。

間もなく若い看護婦が迎えに来た。バッグを持って兄の後ろに付いていく。ドアの開閉は全て自動でゆっくりだ。患者に負担を掛けまいとする配慮だろう。案内されたのは六人部屋だが、ひどく手狭な感じがした。

ベッドの脇に小さな物入れがある。中に着替えが入っているので、それを着用するように、持参の物はこの中に入れて、はいりきれない物はベッドの下に置くようにという指示があった。洗面用具に薄手の下着類と紙、もともと少ない荷物なのできちんと納まった。

「慣れたもんじゃない」

ちょっとおどけた口調で言った。

「足りない物は売店で買えばいい。こんなこと慣れたってしょうがないよ」

兄も苦笑いをした。

「済みませんでしたよ」

ほっとしたように言ってベッドの端にちょこんと腰掛けた。

「そこに……」

うまく言葉が出ない。椅子を指差した。

「はい」

腰を下ろしたが、おしゃべりとする雰囲気ではない。

「疲れたでしょうよ。少し横になったら」

「ああ……」

そのままごろりと横になった。靴をしまってスリッパを足元に置いた。ひどく小さくなったような気がした。満足に食事も取れないのだろう。あの連中なにしてるんだ、本当にギュウとっちめてやらなくちゃ。怒りが突き上げてくる。

室温は寝巻のままで丁度いいくらいに調節してあるが、体力の落ちている兄には寒いかもしれない。足元にも毛布が畳んである。

「毛布掛けましょうか」

うか。

「ああ」

目を閉じたまま少し頭を動かした。寒かったのだ。しかし、自身で引き寄せて掛けるだけの気力も体力もなかったのだ。ここへ到着するまでにすっかり消耗してしまったのだろうか。

「何か必要な物があれば……」

答える代わりに少し首を振った。口をきくのも億劫らしい。

物入れに付いている小さなテーブルを引き出して、持参の吸い呑みとカップ、ティッシュの箱を置いた。このくらいの動作も大儀に思われる。

「有難う……もういいよ」

絞り出すような声で言った。

「はい、もう少し……看護婦さんがみえるまで……何か話があるかもしれないから」

ここに居てもすることはない。だが、一人になったら心細いだろう。今兄のために出来ることは、特に何かすることではない。側に寄り添っていることなのだ。できるだけここに居よう。そんなふうに思って腰を据えた。

兄は安心したのか、間もなく寝息を立てて眠り込んだ。

気丈のように見えても、三回目の手術はできないと断わられればショックだったろう。それに体が衰弱すれば気力も落ち込むだろう。それでもなお人生を投げ出さないのは、家族のためなのだ。あの救いようのない連中のために生き続けなければならないのだ。この気持ちが少しでも二人に伝わってほしいと思うのだが、はかない望みだ。

ここへ一度でもいい、顔を見せてくれたら、随分元気づけられることだろうが——もっとも、姿を見せないほうが心穏やかに過ごせるのかもしれない。とにかく、話が通じない連中だから、騒ぎを起こしに来るくらいなら来ないほうがいい。

しかし、妻子となるとどんなにむちゃくちゃでも、ひどい仕打ちをされても、端《はた》の見方とは違うのかもしれない。

手術が終われば帰らなくてはならない。家で一人置き去りにされて、どうやって生活していくのだろうか。急な痛みや出血、食事……しばらくは寝たり起きたりなのだろうが、誰がどういうふうに看ることになるのだろうか。介護を頼むとなると、年金生活者なのだ。蓄えを切り崩しながら、連中の浪費にも付き合っていかなくてはならない。家を出ても帰っても常に心の安まることはない。

自分だったら……あの二人を残しては逝かれない。これ以上世間様に迷惑は掛けられない。

「有難う」

目を閉じたまま言った。

「あっ……」

「ゆっくりした……さようなら」

どきっとした。

「ハ、ハイ」

素直に立ち上がった。

「じゃあ」

だらんと伸びた兄の腕にそっと触れた。今までにそんなことをしたことはない。〝さようなら〟という何でもない言葉が妙に引っかかった。

さようならは、ただ帰るように促したのだろう。ゆっくりした——こんな所でゆっくりできるわけはない。なんだろう、多少まどろんだのか。あまり考え過ぎると帰りの車で事故を起こしてしまう。そんなことになったらおしまいだ。お見舞いどころか見舞われる側になってしまう。悪いことは続くという。こんな時こそ慎重にならなくてはいけない。そう思いながらさっぱり前が見えていない。

「どうでした」

妻も心配していた。

「ああ……」

どこをどう走ったのか、ボーッとしていて記憶が定かでない。高速で飛ばし過ぎたがなんとか無事に帰り着いた。

「やせて体力がないから心配だなあ」

妻は黙ってしまった。

「口も満足にきけない。舌が吊れて痛いんだ。話がうまくできないくらいだから、物を噛んだり飲み込んだりするのは無理だ。どうやって生きているのか不思議なくらいだ」

「点滴か何か、栄養剤……」

「毎日は病院へ通えない。ほとんど飲まず食わずできているから骨皮だ」

「食べられないんじゃあねえ」

「家へ帰ったらどんどん衰弱してしまう。だいたい食べる物がないだろう。作ってやらないんだ。自分らは出た先で好きな物を食べて夜と朝は弁当を買ってきて、それをレンジで温めて食べてるんだが、病人には無理だ。ごはんはぼろぼろで噛めないし、おかずだって同じで固くてだめだろうし、だいたい塩分が沁みてだめだ。健康な人間を対象に作るから塩辛いんだ。ご飯はお粥に、おかずも物によっては煮直して柔らかくすれば口に入るかもしれないけど、連中にはそんな心遣いはできないだろう。だいたい、兄の分までは買ってこないのでは……〝わたしたちは外へ出て運動するけど、お父さんは家の中でじっとしているんだから、私たちと同じように食べなくてもいいんだ〟と言ってるそうだ。おにぎり一つ菓子パン一個なんて時もあるようだ。いずれにしても、病人に合った食べ物が用意されることはないんだ。兄が逝ってしまったら連中は路頭に迷うことになるのに、まったく分かっちゃいない。いよいよとならなくては……そうなってからではどうしようもないんだが……」

癌センターで兄を見つめながら、思い巡らせていたことが堰を切ったように口を突いて出た。

「それで、手術のほうは」

「いや、まだそこまでは。体調を整えて、ある程度いい状態になってからでないと。いきなりってわけには……今はまだ、相当衰弱してるから、もう少し回復してからでないと。

医者だって、やるからには責任がある。〝手術は成功しましたが、体力が伴いませんでした〟なんていい加減なことは言えない。……本当に痩せ細っているし、精神的にも不安定だ。何より疲れている。もう少しいい状態になってからにしてほしい」

「そうでしょうね」

「とにかく、しばらくの間は様子を見に行ってみるよ。向こうからは、電話したくても、舌が痛くてできない」

「大変だけど、顔を見れば安心するし心強いでしょうからね」

「うん、何もできないけどそのくらいのことは……」

「洗濯物や何かは？」

「ああ、それはない。今は全部病院でやってくれる」

退院までは毎日顔を出して、気持ちが折れないように支えなくてはと思った。

「わたしも行かなくちゃ悪いかしら」

「いいよ、何かあったらで……狭いし他の患者もいるから、二人揃って行くほどのことでもない」

行っても兄が気を使うだけで励ましにはならない。だいたい話すことができない。一時間ほど椅子に腰掛けているだけだ。

　八日めに担当医に呼ばれた。

「明日十一時に手術をするので、できたら来て下さい。お宅のほうには連絡しないでいいですね」

「はい」

　兄とどんな話になっているのか分からないが、およその見当はつく。余計なことは言わないことにした。兄がどう考えているのか分からないが、もしもということもある。妻も手術当日には行くという。


　手術室の前で待つことになった。窓越しに中の様子が見える。三時間ほどで終わった。

「これですよ、見ますか」

　五十がらみの医師が、真鍮の皿にかなり大きな血の塊のような物を乗せて持ってくるなり、鼻先に突き出した。見るも見ないもないちゃめっ気たっぷりの人だ。

「いや、結構です」

　慌てて首を引っ込めた。

「きれいに取れたから今度は大丈夫」

笑いながら皿を引っ込めた。こんなことをするのも緊張している家族へのサービスなのか。ようやく余裕が出てきた。ごま塩を短く刈り上げた精悍な面構えだ。これでズケズケものを言われたら怖い。それで、努めてユーモアのサービスをしているのだろう。

「どうも有難うございます」

深々と頭を下げた。

「では、お大事に」

「有難うございました」

後ろ姿に向かって最敬礼をした。

「これで最後にしてほしいなあ」

「ほんとに……疲れたでしょう」

妻も肩で大きく息をした。

医師は看護婦に話しかけながら部屋の奥の方に消えた。中ではばたばたと移動の準備が始まった。

二週間、午前中様子を見に来た。日増しに顔色も良くなっていく。改めて人間の持つ生命力の強さに嬉しさと感動を覚えた。

やはり口をきくのはまだ無理のようだ。縫った所が引き吊れるのだろう。何か言い出そうとして、頭を振り顔をしかめるが、声にはならない。いかにも苦しそうだ。

「今口をきかないほうがいいよ。せっかく塞がった傷口が開いたりしては困るから。そうだ、車の中にボールペンとメモ用紙があるから、取ってきますよ」

給油の日付や量をメモしたり、旅行の走行距離を気づいた時に書き留めたりしている。たまに見ることもあるが、ほとんど書きっ放しだ。それを半分ばかり剥ぎ取ってきた。

「もっと早く気がつけば良かったけど、これで筆談」

(有難う、いろいろ心配かけて済みません。痛いけど、少しずつよくなっていくのが分かります。有難う)

寝たまま書くので、字は躍っているが、気持ちは通じる。兄もほっとした感じだ。

「その状態で痛みますか」

(はい。ズキンズキンと脳に響くように)

「うわ……そりゃ大変だ」

（大変痛いというわけではなく、響くように、でも、痛い）

「そうでしょうね。やっぱり舌が動けば、どうしても」

力を振り絞って書いて疲れたのだろう。パタッとシーツの上に伏せるように置いて目を閉じた。

「疲れた？」

かすかにうなずいたように見えた。思いつきでぽんぽん質問するが、寝たままの無理な姿勢で書くのだから容易ではない。もう少し気を遣うべきだった。何か必要な物があったら——と聞くつもりだったが、言いそびれてしまった。どうしても健康な者は自分勝手になってしまう。相手が病人だ、弱っているのだという配慮が欠落してしまう。もう少し気をつけなければと、済まない気持ちになった。

何もすることはないが、体力を回復して目を開けるまで、もうしばらく様子をみることにした。窓越しに白いユリの群生が見える。その後ろには黒々とした森が続いている。

少し外の空気を吸ってくるか。兄が眠りに入ったのを見届けて庭へ出た。さっき見掛けた白ユリが、花壇からもはみ出して咲き乱れている。こぼれた種子がそこらじゅうに広がって発芽し放置されてきたものらしい。あまり手入れをしていないのがいい。痩せっぽちで、花の数は一、二輪、多くても四つか五つ、どういうわけか顔を近づけても花特有の香りがない。お見舞いの花は香りの強いものは嫌われる。病室は狭いから仕方ないが、広い庭は風が吹けば匂いは拡散してしまう。そんなに気を使うこともないのに、と思ったが単なる偶然だったのかもしれない。

こんなに必要なのかと思うほどの駐車場に続き、広葉樹の大木の茂る深い森がある。癌センターもこの森の一部を切り取って造ったのだろう。病人ならずとも、心癒される良い環境だ。管理棟以外の病棟は平屋になっている。土地利用からすればもったいない気もするが、患者には優しいいし、事故防止の上からもいいことだと思われる。駐車場の照り返しが激しいので、森まで足を伸ばすのは止めにした。

部屋にもどると兄は目を覚ましていた。

(有難う、うちでやすんで)

大きな字でメモが書かれていた。

「その辺をぶらついてきました。いい環境ですね。じゃ……そろそろ失礼します」

兄はうなずくようにして目を閉じた。やはり苦しいのだ。

二週間通ううちにだんだんベッドの傍にいる時間は少くなった。兄が休んでいる間は、休憩室で本を読んだり他の患者たちとテレビを見て過ごしたりしていた。センターの敷地内を歩いているうちに、森林浴をしたくなって森の際まで行ったが、どういうわけか有刺鉄線が張ってあって入ることはできなかった。患者の散策にはいい場所のように思ったが、やはり、職員の目が届かない所での事故が起こったら困る。そんな配慮なのかもしれない。少し気落ちして、じりじりと照りつける中、木陰の縁を拾いながらもどってきた。

抜糸が済んで退院の許可が下りた。やはり兄は嬉しそうだったが、喜んでばかりはいられないと思った。確かに狭いベッドの中からは解放されるかもしれないが、家へ帰ってからのほうが大変だ。妻と息子は連日遊び回っている。病状に合わせた食事など用意してくれる気遣いはない。薬なども自分で管理していかなければならない。病院に居れば一切お任せだが、帰ったその日から何もかも自分でやらなくてはならない。台所に立っていろいろやるのはまだ無理だ。だいたい今まで寝ていたものが、急に立って活動できるはずがない。困ったことになった。

「家まで送りますよ。まだふらふらするでしょう」

退院手続きを済ませて車を持ってきたが、兄は首を振った。

「だめ、怒るから」

ちょっと悲しい顔をした。

「じゃあ駅まで、無理しないでよ」

「有難う」

口をきくのも苦しそうだ。

「何で怒ることがあるの。病人じゃない」

それには答えなかった。義姉はおかしくなってはいるが、見舞いにも来ずに遊びほうけていることについては、ひけめを感じているらしい。そういったことは、いくらか分かるらしい。それが前回の〝もういいから帰れ〟という怒号になったようだ。こちらは怒鳴られても構わないが、兄に当たり散らされたのでは困る。とにかく、体が弱っている病人なのだ。その加減ができないからどうしようもない。

「じゃ、気をつけて」

兄は手を挙げてそのまま駅舎に入っていった。これから悲劇が始まるような嫌な予感がした。

しまった——何と言われようと、家の近くまで送っていけばよかった。兄も本心は送られることを期待していたのではないか。あまり迷惑を掛けたくない。それだけの理由ではなかったか——体調が悪いのに申しわけないことをした。しばらくは車を止めたまま考え込んでいた。

「家まで送っていけばよかったなあ」

家へもどってからも引きずっていた。

「安心したのか、ほっとしたような感じだったが、これからが大変だなあ」

妻は黙っていた。

「お粥ぐらいは自分で作れるかなあ……市販の弁当なんかじゃしょうがない。熱くても冷めたくても沁みるだろうから……何を食べたらいいんだ……どうするんだろう」

「デパートへ行けば、病人食いろいろありますよ。お粥はもちろん、ポタージュ」

「ほう、そのまま飲んだり食べたりできる」

「ええ、よく見たことはないけど、缶詰やパック詰など、結構種類も豊富にあったように思う」

「そう……良さそうな物があったら少しまとめて買って送ってやろう。田舎にはそういう気の利いた物はないだろうから……このままじゃひぼしになっちゃうからなあ」

兄によさそうな食品があると聞いてほっとした。

「まともな女房なら、車を走らせていろいろ捜して買ってくるのだろうが、自分の口は可愛がっても旦那さんには関心がない。さっそく見てこよう。もう、今日から必要なんだが」

「私も行きましょう」

「そうしてくれる？」

お粥はもちろん、野菜・果物・魚、本当にいろいろ揃っている。

「よし、これを送ってやろう」

簡単に開けられそうな缶詰を選び出して、十個ばかり箱詰めにしてもらった。二、三日で着くという。急いでいるので早めに送ってほしいと註文をつけて引き揚げた。

衰弱して癌に負けるようなことになったのでは、苦しい思いをして手術を受けた甲斐もない。妻君がダメなら〝弟なんだから〟兄を守っていかなくてはならない。

着けばすぐに連絡がくるだろう。そうしたら、使ってもらえそうな物を続けて送っていけばいい。そんなに何年もというわけのものでもない。せいぜい一、二か月、喜んでもらえればそれだけで十分だ。

だが、なかなか兄からの電話が掛かってこない。問い合わせをするのも変な話なので、手紙のくるのを心待ちにしていた。口に合えばいいが、やはり無理だったか。体調が悪くて動けないか、再度入院してしまったか——やはり送っていけばよかった。失敗したなあ。几帳面な兄が音沙汰ないと、どうしても悪いほうへ考えがいってしまう。

「明日にでも行ってみようかな。向こうの病院へ入っているかもしれない」

「そうですね」

妻も気にしていた。話をしている時に電話が掛かってきた。

「兄からか……」

ほっとした。

「あんた、どういうつもりなの、あんな古い缶詰なんか寄越して。腐っていて食べられやしない。病気になったらどうするの。病人なんですからね。みんな捨てちゃいましたからね。もう余計なことはしないで下さい」

ガンガン怒鳴っておいてガチャンと切ってしまった。

「怒られた。間違ってよそ様にかかったらどうするつもりなんだ。こっちが名乗る前から怒鳴ってる」

「缶詰気に入らなかったのかしら」

「腐ってる。古くて食べられないって……字読めるのかなあ……賞味期限なんて、分からんだろう。捨てられちゃった」

「え、なんで……」

「古くて腐っているから」

「デパートがそんなことをするわけないでしょうに」

「様子を見に行かなくちゃ。深刻な問題になっているかも」

体調が分からないだけに心配だ。昼間連中がいない時に、同じ物を少々持っていって直接渡すことにした。

「ああ……」

兄は横になっていた。

「どうですか体のほうは」

(済みませんよ、迷惑ばかり掛けて)

兄はメモ用紙に書いて目を伏せた。

「そんなこと……」

(クルクルパーだからしょうがない。せっかくいただいた物、うらのやぶへすてちゃった。

申しわけありません)

字は踊っているがなんとか読める。が、力が入らない。食べてないのではないか。

「同じような物ですが、少し持ってきたので食べてみて下さい」

「済みませんよぉ」

涙がツーと流れた。かえって兄を苦しめてしまった。しばらく言葉が出てこない。

「痛みますか」

(どうしても、ズーンズーンと)

「それじゃ食事が大変ですね」

(しばらくは、しょうがない)

「でも食べずにはいられない。食べなくては体力が回復しない」

うなずいて目を閉じた。まるでだめだ。このままでは長くは持たない。なんとか食べてほしい。連中が帰ってくれれば騒動になる。その前に——祈るような気持ちで衰弱した兄を見つめた。

(あとでいただきます)

気持ちを察したようだ。

（済みませんよ）

懸命に書いてみせる。本人にその気がないのでは仕方がない。長居をすれば疲労させるばかりだ。

「ああ、もう休んで下さい。ひとが来ると気疲れするでしょう。私もこれで失礼しますから」

軽くうなずいた。

「じゃあ、お大事に」

弱々しい姿を見ていると、自分まで滅入ってしまう。医師はきれいに取れたと言っていたが、こんな状態ではどんどん衰弱していくばかりだ。口を動かせないのでは、手術は成功したと言えないのではないか。このまま寝ているだけでは——考えは悪い方へと傾斜していく。前二回手術をした総合病院に入院したほうがいいのではないか。そうすれば、栄養剤を点滴で入れてもらえる。前回どうしたのか分からないが、胃袋へ管を使い流動食を直接注入することもできる。何としても体を維持する栄養補給が必要だ。やはり入院しなければだめだ。明日また行って、病院と連絡を取るよう勧めてみよう。寝床にもぐっていてだめそうだったら、こっちで手続きをして入れてしまおう。ここでむざむざ——

しかし、子供じゃないんだから、危ないと感じたら、救急車を呼んで自分から行くだろう。癌センターから紹介状に対する報告書をもらっていた。それを持って総合病院へ行かなくてはならないはずだ。今後の治療は元の病院でやることになっている。車で連れていこう。いや――もう挨拶に行ってカルテを渡してきたかもしれない。あんまり出過ぎたことをして迷惑がられてもしょうがない。

結局、あれこれ考えるだけで行動に移すことはしなかった。もう少し様子を見よう。何かあれば連絡があるだろうと。

十日ほど経って手紙が来た。

〝ようやく外へ出られるようになった。郵便局まで自転車で行ってみたが、ふらついて怖かった。総合病院の医者と予約が取れたので診てもらうことに。大学病院と掛け持ちなのでこちらの思うようにはならない。心配かけて済まない。いろいろ有難う〟

というような趣旨だった。

あの弱々しそうにしていた病人が――人間の生命力の強さに驚くと同時にほっとした。見舞いに行くのは診察が済んでからにすることにした。

車がないから連中はいない。ガラス戸越しに居間の様子を覗く。いない。離れに行ってみる。兄専用の小屋だ。机二つと椅子がついている。方丈庵だ。そこに好きで買い集めた文学、絵画全集、百科事典類が整然と並べてある。

「どうかなと思っていましたが、回復早かったですね」

「ああ、おかげさまで」

多少もつれるが何とか話せる。

「痛かったら話さないで、無理して傷に障るといけないから」

「いやいや」

「どうでした、診断のほうは」

「まる」

指で丸を作ってみせた。

「そうですか、良かった。元気そうですが、食事のほうは取れますか」

「噛めないけど、丸呑みに」

「はあ――」

連中の買ってくる弁当か何かを、そのまま食べているのだ。流動食は用意されないのだ。送っても捨てられてしまうのではどうしようもない。食事のことはこれ以上話してもだめだ。

「寝ているかと思ったけど、起きて動けるんだ」

「最初はふらついたけど、なんとかね」

「食べれば力がつくでしょう」

避けようと思いながらついそっちのほうへいってしまう。

「まあ、仕事だと思って」

食事のことも連中のことも話したくはない。となると、引き取るしかない。

「横にならないのですか」

「いや、気ままにごろんと」

「そう、できるだけ消耗しないように。だいぶ回復したんで安心しました。私もそろそろ……失礼します」

「そう、済みません。そのうちに」

「気にしないで下さい。治すことだけ考えて……じゃあ」

十数分で立ち帰りだ。考えずに話すから、つまらんことを言ってしまう。〝治すことだけ〟ではなくて、何も考えずにゆっくり休養することだ。思いつきでぽんぽん言うからだめなんだ。あとで書き出してみたら随分くだらないことやおかしなことを口にしているのだろうなあ、と思ったりした。

まあいいか、あまり構えてしまっては言いたいことも言えなくなってしまう。言いっ放しでお互い気にしない。それでいいのではないのか、現にそうしてきた。

一か月後、癌センターの診療に行くという連絡があった。やはり不安なのだろう。電話して日時を確かめた。

お互いもう残された時間は限られている。今できることをしておかなければ悔いを残すことになる。早めに行って兄を待つことにした。ぎりぎりの時刻になって入ってきた。疲れたように正面の時計をぼんやり見上げている。

「体のほうはどうですか」

声を掛けながら近寄った。

「ああ、済みませんよ。なんとか間に合った。バス停が分からなくて、駅でまごまごして」

「ちょうどいい、行ってみましょう」

診察券を受付の機械に押し込んで、二階の診察室へ向かった。

「勝手が分からない。来てもらって助かった」

急に老け込んでしまった感じだ。

「みんな機械化されてしまって——省力化はいいけど馴れるまでが大変」

「そうだよね。何をどう聞けばいいのか、それさえ分からない。ガイドを付けてもらわないことには」

「疲れたでしょう。乗り物は時間に追われるから」

「ああ、こっちの思い通りにはいかないから」

兄は旅行が好きで、よく職場の人たちと中国や東南アジアの旅を計画し、それが緻密でプロ並みと評判を取っていたが、もうそういった気力は感じられない。体一つ動かすのを持て余しているように見える。

診察室へ行くと、すぐレントゲン室へ回された。撮り終わってもどると、休む間もなく正面のボードに番号が出た。いっしょに部屋に入ると、写真が数枚掛けられている。

医師はじっと見ていたが、向き直って、

「特に変わったところはないので、今まで通り治療を続けて下さい」

というようなことを言った。

「お疲れさま」

看護婦に促されて立ち上がった。ものの三分だ。もっとも、前の廊下には十五、六の椅子が置かれ、ほぼ満席状態になっている。午前中に診察を済ませるとなると、一人にそれほど時間は掛けられない。仕方のないことだが、それだけ癌患者が多いということになる。いずれにしても大変なことだ。

呼び出しも支払いも電光掲示板に出る番号で機械的に処理される。合理的と言えばそうかもしれないが、わけが分からず取り残される老人たちにはいささか酷な気がする。

病院それ自体爪先立って入ってくる所なのに、人との触れ合いが減って機械任せになっていくのは何とも淋しい気持ちがする。

癌患者は、薬や放射線治療によって頭髪が抜け落ちたり、吐き気に苦しんだりすると聞くが、兄は痩せはしたが毛が抜け落ちたりはしていない。

「薬の副作用でみんな苦しんでいるようだけど、だいじょうぶ？」

「ははぁ、出される薬を指示通りに飲んではいないよ。腎機能が普通の人の六分の一くらいまで落ちているんで、本当は飲みたくない。このままいけば早晩透析をやらなければならなくなる。肝臓も酵素の値が高くて、ときどき黄疸が出る。もう、どこもかしこもしょうがないよ。なだめなだめやっていくしか」

「大変ですねえ……生きる苦しみ」

「死んだほうが楽だろうけど……あの連中を放り出して、さっさと逝くわけにもいかない。どっちかまともならいいんだけど」

おかしな話になってしまった。

「家まで送りますよ」

話を変えた。

「いやー……そんなこと、二人でワーワー騒ぎ出すから」

「どうして――」

「あんたに迷惑掛けてだめじゃないかって」

「そんなこと……」

「いやぁ、あの連中は勝手もんで、自分のことは棚に上げて、ひとのことはズケズケ言う。理屈も何も通らない。騒ぎ出したらどうしようもない。クルクルパーなんだから」

肩で大きく息をついた。

「そうですか」

無理強いして、兄に当たられるのは本意ではない。心身共に衰弱しているのに、これ以上苦しめられたのではたまらない。本当に脳がダメになっているのだろうか、わざとやっているのでは……それはそうと、こんな状態がいつまで続くわけのものでもない。考えたくはないが、もしもの事があったらどうするつもりなのか。兄も考えてはいるのだろうが――当面、極力摩擦を避け、そこでむだなエネルギーを消耗しないよう、一歩も二歩も引いて納めているのだ。はたで見ていると、疲れるだろうと思うのだが、適応能力というか防衛機制というか、そういったものが働くのかうまく三人の調和を保っているようだ。無理に割り込んではいけないのかもしれない。

連中は自由に遊び回っていれば機嫌がいい。行き先は気分まかせでおかしな話になることもある。

〝ふれあいセンター〟という老人や障害者をサポートする所がある。そこへはよく出かけていく。職員が丁寧に話を聞いてくれるので気に入っている。周囲が眉を寄せるのもお構いなく、しゃべりたいことを延々と話し続ける。いつも決まって「夫が認知症で困っちゃう」とぶつ。あとは真《まこと》しやかに狂態を演説する。もともとは無口で人中に出るのは苦手だったというが、おかしくなってからは大声で臆することもなく、何度も同じ話を繰り返す。最初は何が始まったのかと注目もされたが、ピントのはずれた高っ調子の声に、うんざりして離れていく。だが、怯むことなくやってのける。

「夜中になるときまって外へ飛び出してワーワー、ウォーウォーと叫び声を上げて歩き回り、止めようとしても脚が速くて捕まえることができない。家族は交通事故にでも遭ったら大変だと心配しているけど、本人は平気な顔をしている。どこへ行ったのか聞いてもまったく覚えていない。これが認知症なのです。本人には自覚症状がないので本当に困ります。おしっこもうんこも風呂場でやってしまいます。もう介護が大変です」

話の終わりには、医学博士の書いたという本を振りかざして、これを読めば分かると言って締めくくる。息子は神妙な顔で少し離れた席で聞いている。

毎回ほぼ同じ中身だ。

「あれは頭おかしいのと違うか」「本に出ていることを拾い出してるんだ」「自分のこと話してるんじゃないのか」

居合わせた人たちは顔をしかめるが頓着しない。

頃合をみて職員が「隣りの部屋で聞くから」と移動を持ちかけるが、みんなに聞いてもらいたいと腰を据えて動かない。周りにいた人たちのほうがぞろぞろと出ていく。聴く者がいなくなればさすがに敬遠されていることに気づく。が、懲りることなく日を置いて話をしにやってくる。「来た来た認知症が」と言ってみんなが避けるようになると、人の輪に入れなくなって職員相手の話になる。辛抱強く聞いてくれるので気に入っている。

市役所へも出かけていく。というより押し掛けていく。市民相談室でもふれ合いセンターと同じように窮状を訴え、「お金がないので生活保護をお願いします」と切り出す。応対する職員もすぐ異常に気づく。

「ここではなんですから、別室で詳しく伺いましょう」と個別相談室へ誘導する。

「ただお金がないからというだけで生活保護は受けられません。家庭の状況をよく聞かないと」

「主人がお金をくれないのです。だからガソリン代も食事代もないんです。財布の中はすっからかん」

目が据わってまくし立てる。

「そうですか、ご主人が」

「そうなんです。お金を握っていて放さないんです。ケチなんです。がっちり握っていて」

「出してくれない」

「そうなんです」

「ガソリン代も……」

「毎日木更津へ行くんですが、ガソリン代がばかにならない。行けば食事もしなければならない」

「木更津は何か用事があるのですか」

「はい、家に居たのでは気分が悪い。気分転換になるので」

「そこの方は？」

「息子です。これが運転します。私はできませんから」

「お仕事は？」

「してませんよ。わたしのために運転してますから」

息子は得意そうにうなずいてみせる。

「無職？」

「わたしの面倒をみているので仕事はできません」

「車をお持ちで？」

「はい」

「保護を受けるには、いろいろ制約があります。車を持っている——それも気分転換に使うというのでは」

「そんな――車がなくては、私の生活が成り立たない」

「息子さんもまだお若い。仕事をしなくては」

息子に話が向いた。

「何もしてない？」

「まあ」

「働いてはどうですか？」

「いやぁー！」

苦笑いをしながら首を振った。

「今まで働いたことは？」

「あるけど長続きしないの。とにかく私のために運転しているのだから働く必要はないの」

割って入った。

「気分転換用の車があるというのは無理ですね。まず働いてお金を稼ぐ。ぶらぶらしていて保護費を――と言われても。これは税金ですからね。みなさんが汗水流して働いて納めたお金ですから。本当に生活に困窮している人でないと」

厳しい口調になった。

「だめですか？」

「まずだめですね」

「それじゃしょうがない。頼めばもらえると思っていたのに」

「……」

「話にならない。車がなくては。どこへも行けない。今は車社会ですからね。必要必需品なんだから」

「……」

「行こう行こう、話にならない」

むっとして席を立った。相談に行けばすぐにでもお金が出るものと考えていたが、あてがはずれた。思い通りにならないと分かるとうっ憤のはけ口を捜すが、そんな相手が簡単に見つかるわけのものでもない。しかし心療内科の先生なら時間を気にせず、じっくり話を聞いてくれる。ただ予約が必要だ。

よく練れた医師で、「そうかそうか、そうだよね」が口癖で、患者も声色を真似て「そうだそうだ……」をやる。人気だが、なかなか予約が取れない。

一物を吐き出してすっきりしたいところだが、好物のラーメンと餃子をしっかり食べて腹に納めることに。満腹になれば何もかもケロッと忘れてしまう。

ただ、体を動かさずに脂っ濃い物を摂り続けるから、母親のほうは一五四センチの身長で七十キロ超の体重に。歩くのも骨がおれる。息子は体重を隠しているが、二段腹になってぶよぶよしている。肌は荒れて顔は一面黒い穴がブツブツあいているように見える。二人そろって不健康そのものだ。

内科の医師に、血圧とコレステロールを注意されると、腹を立ててしばらく顔を出さないが、薬が切れると仕方なく取りに行く。〝きちんと飲み続けないと突然倒れるようなことになる〟とおどされて、また腹を立てる。が、すぐ忘れてしまう。そんな繰り返しだ。

年と共に膀胱のしまりがなくなって、しばしば失禁する。座席が濡れて注意されると、自分ではないと激怒する。夫が認知症だからよくお漏らしをするのだ、とわけの分からないことを言って話をすり替えて平然としている。息子はニヤニヤしながらそんな弁解を聞いている。彼もまた夜中に寝小便をしてしまう。自分のやったことを父親のせいにして、濡れた敷布団を廊下に、パンツを裏の土手に放り投げておく。

夜になってワーワー騒ぎ出すので、父親が物干しに掛けて乾かしておいてやる。パンツは足りなくなれば、拾ってきてまた使うらしい。昼間は車の運転で神経を使うのか、帰ってくるとパタンキューと眠ってしまう。風呂もその日の気分で入ったり入らなかったりだ。もともと頭が弱いところへもってきて、若年認知症が進行し始めたので、運転は非常に危険なのだが、誰が何と言おうと絶対に止めようとはしない。

しょっちゅう、ぶつけたりこすったり車は傷だらけ。修理に出してもまたすぐ傷を作るので、そのまま乗っている。本人は傷を気にして新車に買い換えたいと強硬に言い張るが、「ばかを言うな、そんな金がどこにある」と父親が突っぱねる。本当は、今直ぐにでも運転を止めさせたいところなのだが、母親と組んでそこは一歩も引かない。

幸いなことに、警察ざたになるような人身事故は起こしてないが、壁にこすったり駐車場の柱にぶつけたり、自損事故はしょっちゅうだ。バックが苦手で駐車はいつも頭から突っ込んで止める。混雑している時、バックで出られない。だいたい出払ってからようやく動き出す。動作が緩慢なのでスピードは出せない。それが幸いして大事故にはならないのだが、幅員の広い一本道などでは、ダンプやスポーツカーの若者からよく煽られて路肩に寄って止まってしまう。怒声を浴びて遣り過ごしてからのろのろと動き出す。

不器用な運転でもなんとか続けていられるのは、怖いと思ったらすぐ止まってしまうからなのだ。母親にくっついて遊んでいられるのは、運転ができるからだ。免許停止や没収になったら、〝働け働け〟と尻をたたかれる。本来のグウタラ者だから、それだけは何としても避けたい。その気持ちだけが彼の運転の支えになっている。

普通なら婆さんの供をするより、若い女性に目が向きそうなものだが、これがまた楽しいらしい。母親の相談相手になっていると思い込んでいる節もある。

「保健所へ行ってみない」

「なんでさ」

「前に食堂のおばさんが言ってたじゃん」

行きつけのラーメン屋のおばさんに〝夫の認知症がひどくて手に負えない、何とかしてほしいよ〟と繰り返し話して聞かせるので、いい加減うんざりして〝ここでいくら訴えてもどうにもならないよ。市役所か保健所へ行って相談してみたら〟と言われたことがある。市役所は生活保護を断られたので足が重いが、保健所は頼りになりそうだ。

「そうかそうか、どっか預かってくれる病院か施設、世話してくれるかもな」

「そうだよ」

退職金や年金の振り込まれている預金通帳をせしめて、それを自由に使いたいという共通の思いがある。言動すべてがめちゃくちゃだが、金に対する執着は異常なほどしっかりしている。

「じゃ行ってみるさ」

勢い込んで古い庁舎を訪ねたが、ここは閑散として力になってもらえそうにない。

「何か研究してるところじゃないのか」

「そうかな」

「でも、せっかく来たんだ話だけしてみよう」

市役所で断られた苦い思いがある。とにかく、大変なのだ——と同情してもらわなくてはならない。

「夫が認知症で、もうわけが分からないんです。なんとかして下さい。お願いします」

応対に出た中年の看護婦に泣きついた。

「わけが分からない……旦那さんの話すことが分からない？　それとも奥さんの話が伝わらない？」

「その両方」

「例えばどんなふうに……」

「頭が変なんで、病院へ行って診てもらうように何度も言っているのに〝何ともないからいい〟と言って聞かないんです。すごく頑固なんです。もう末期の認知症なんです」

「どんな症状が出ているんですか」

「ドタンドタンと畳の上にひっくり返るんでうるさくてしょうがない。今朝なんか十六回も倒れた――」

「今朝ですか」

「自分では分かっていないんです。ケロッとしてるんで始末が悪い」

「ハア……」

「ハアじゃないですよ。本当に困っているんですよ」

「一人にしておいて大丈夫なんですか」

「いつも昼間は一人で留守番」

「あなたがたが居ない時に倒れたりする危険性はない？」

「ああ、それはない、慣れているから」

看護婦は黙ってじっと顔を見つめた。

「何か変ですか」

「そちらは息子さん」

「そうですが」

息子はきょとんとして二人を見較べた。

「ちょっと話をいいですか。あなたから見てお父さんはどうですか」

「どうって？」

「やはりおかしいと思いますか？」

「はい」

「どんなところが？」

「病院へ行くように言っても行かない」

「それはだれでも行きたくなければ行かないのでは？」

母親が割って入って早口でまくしたてる。

「だから今、私が言ったでしょう。強情なんです。ひとが話をしても聞かないんです。そこがおかしい」

「息子さんにもう少しお聞きしたいのですが……お父さんは普段、昼間は何をして過ごしていますか」

「分からない」

「どうして分からないの？」

「昼間は、お袋と車で外へ出かけるから」

「あなたは、お仕事何をしてるの？」

「何もやってない。前はやっていたけど」

「だめだめ、この子は長続きしないから、やってもむだ。やることはない」

「そうでしょうか、将来……」

「いいの、この子は働く必要ないの。車の運転ができるから、私を乗せて気分転換に行かなくちゃ、私がおかしくなっちゃう」

息子もうなずいてみせた。

看護婦は二人の顔を代わる代わる見つめた。

「いいの、これは家庭内の問題なんだから。それより、認知症の夫のことを、どうにかしてもらいたい。家にいたんじゃこっちがおかしくなっちゃう。もう、限界。強制的に入院させてほしいんで、そのことで相談に来たんで、なるべく早く——保健所から言われれば病院は入院させざるを得ないわけでしょ。だから、そういう命令の文書を出してもらいたいんです。分かってもらえましたか」

「ご本人にお会いして、どんな状況か……」

「状況も何もないでしょう。家族が困っているんですから。もう末期なんですから」

「認知症という診断はどこでされたのですか。末期症状というのも」

「だから言ってるでしょ。強情で病院で診てもらうようにいくら言っても〝何ともない〟って平気な顔して、言うことを聞かないんだから」

「認知症というのは奥さんの判断？」

「見れば分かる。普段一緒に生活していればこれはおかしい、狂ってるって」

「病気の診断は医師がするもので、初期か末期か、入院が必要かその必要はないか、一度先生に診てもらわなくては」

「いや、先生に診てもらうと言ったら絶対動かない。だいたい昼間はケロッとしているから先生が診たって分からない」

「家に居るんですね」

「居ることは居るんですが、面会謝絶です」

「何ですって？」

「本人が会いたがらない、頭がおかしいから」

「乱暴するようなことは」

「ないないです。おとなしいんです」

「近所の人に迷惑の掛かるようなことは」

「ない、ありません」

「倒れたり、うめき声をあげたり、その程度ですか」

「その程度って——、毎日やられたらたまらない」

眉間にしわを寄せた。

「何十回も倒れたのでは体中傷だらけでしょう。手当ては家でしているのですか」

だんだん意地悪な質問になっていく。

「え？　はあ……」

「いろんな所へぶつけるんじゃないの」

「……」

「倒れるところは見ていない？」

「見ていないけど」

「音だけ、全然見てないというのもおかしな話ですね」

「暗闇だから音しか聞こえない」

「行ってみないのですか」

「そんな、見に行ったってしょうがない。寝る時間じゃない」

「心配じゃないのですか。柱に頭でもぶつけて出血したり、打ち所が悪くて骨折したり」

「そりゃないね。うまい具合倒れてるんじゃないのかな」

「よく平気で」

「平気じゃないから、こうして逃げ出してくるんじゃないの」

「ご主人でしょ。もしものことがあったら」

「その時は、その時のこと」

「お気の毒ですね」

「やっと分かってもらえましたか。実際経験しないとねえ」

「そうですね」

「じゃ、帰るか。なんたってみんな他人《ひと》ごとだと思って、真剣に考えてくれない。看護婦さんは、病人を扱って気がねれてるから、ひとのことが分かる。偉いわ」

「いやぁー」

看護婦は仕方なく苦笑いをした。

「どうも有難うございました。話を聞いてもらったんですっきりした。じゃごめんなさい」

ようやく穏やかな顔にもどった。

「あの看護婦はいい人だったよな」

「うん、話をよく聞いてくれたもんね」

すっかり気に入られた。そうなると仕事中でも構わず押しかけてきては、繰り返し同じ話を聞かされることになる。時に窓口の事務員が気の毒がって、居留守を使って追い返えそうとする。しかし、待合室に腰を落ち着けて帰りを待つ。頭がおかしくても雰囲気から、自分が歓迎されない人物だということを察知するようになる。

保健所で話が進まなければ、少々荒っぽいが有無を言わさず入院させる手段に出る。

「救急車呼んじゃえばいいじゃん」

頭が弱いのにへんな所に知恵が働く。

「そうか、そうか――それしかないな。お前呼んでみな」

「よし、百十番だな」

「えーッ違うな」

「なんでだ……ちゃんと掛けたのか」

「うん、またあとにする」

「なんでだ」

失敗すると子供のようにシュンとなってしまう。

「ああ、消防は百十九番だった」

「そうだよ。さっき何番に掛けたんだ」

「ああ、今度は通じた。お母さん話しなよ」

「いいよ、お前が掛けたんだから、自分で話せさ」

「何て言うんだ」

「自分で考えろ」

「ああ……切れちゃったよ」

「いたずら電話と思われたんじゃないか。ちゃんと言うこと考えてから掛けなくちゃだめださ」

「いざとなると、むずかしい」

「なまいき言ってらあ、なんだっていい〝倒れた、倒れた、家の中で倒れています〟ってテレビの実況みたいに言えばいいんだ」

「じゃ、もどってからにすっか」

離れの小屋に居るのを確かめて、家の中に入った。

「やるか」

「間違えるなよ。一度言ってみろ」

「大丈夫だってば……ああ、もしもし、消防ですか。救急車をお願いします。お父さんが倒れたんで……離れに倒れているんでお願いします」

「そうです。倒れたまま動かない」

「分からない。近寄れない。分からない。吉川四三三番地、小口です。お願いします」

「うまいじゃないか」

「ああ——疲れた」

間もなくサイレンを響かせながら救急車が到着した。

「どんな状況ですか」

「泡を吹いて板の間に横になっています」

「向こうの離れですね。今回が初めてですか」

「しょっちゅう」

消防士は怪訝な顔で行こうとした。

「どうしたの？」

サイレンが家の前で止ったのに驚いて父親が出てきた。

「いや――べつに」

「べつにって……救急車呼んだんじゃないのか」

「行こう行こう」

二人はさっさと逃げ出した。

消防士たちはあっけにとられて二人を見送った。

「どうしたのですか」

「済みません。あれは頭がおかしいクルクルパーなんで……電話したんですか」

「お父さんが倒れたって。吉川四三三、小口ですって……」

「ご迷惑お掛けして本当に済みません。自分のやっていることが分かっていないんです」

「分かりました……それでは、一応確認のためここにサインをお願いします」

「申しわけありません」

消防士たちは、二人のいたずらと知って特段のこともなく、そのまま引き取ってくれた。

「本当に済みません」

もどっていく隊員たちの後ろ姿に力なく何度も頭を下げた。

ふざけて公務員に虚偽の災害を申告しては犯罪になる。厳しく注意しなくてはならない——が、話して分かるような連中ではない。むしろ反発の方が心配だ。といって、放置すれば面白がって繰り返すに違いない。消防も大迷惑だ。どうしたらいいか、頭を抱えてしまった。

「ああ、びっくりした。本当に来ちゃったもんな」

「ばかさ、呼べば来るにきまってるじゃないか」

「ははは……でもスリルあるなあ」

二人は槙の生け垣に身を寄せて救急車が引き揚げていくのを見送った。もう認知症の病人を入院させることは頭になかった。

何の咎めもないと分かると息子はいたずらをエスカレートさせていった。警察署へも同じような電話を掛ける。〝管轄が消防署なのでそちらへ連絡するように〟と言われる。市役所にも同じような電話をして断られる。

その後、交番の若い巡査が巡回の折りに立ち寄って話し込んでいくようになった。

「一度呼んできつく叱ってもらえませんか。だんだんひどくなっていくので……わたしも責任を感じてはいるのですが、舌癌の手術を繰り返して、体力も気力もなくなりました。みっともない話なんですが、やりたいほうだい……どっちかまともならいいんですが、両方ともクルクルパーなんで」

「なるほど……そうなんですか。暴れるとか、暴力を振るうとか、そういうことは……」

「図体は大きいだけで、そういうことはありません。幼児と同じで」

「危険なことをするようでしたら連絡して下さい」

若い巡査は、気持ちの上では寄り添えるのだが、これといってよい思案はない。

「どうぞお大事にして下さい」

同情してもどっていく。

市役所も警察も消防も程度の差はあるが、一家の状況を把握するようになった。それで、騒ぎを起こしても、〝またか〟ということで、まともに取り合ってもらえない。出かけていっても体よく追い返されてしまう。頭がおかしくなっていても、相手の対応については意外と敏感だ。そっけなくされると腹を立てて挨拶もせずにさっと席を立ってしまう。

保健所もふれあいセンターも「今忙しいからあとでね」とか「そのうち旦那さんと一緒にいらっしゃい」などと紋切り型になってきた。相手の気を引きたいと考えるのだがだめだ。結局、足の向く所は木更津のスーパーの中にあるラーメン屋だ。ここなら金さえ払えば客だ。愛想よく迎えてくれる。母親は訴えて歩くのは冷めてしまったが、息子のほうは出先の公衆電話から消防や警察に掛けては興奮している。

「困りますねえ……」

いたずらと分かっていても、時々は父親の元へ苦情が寄せられる。

「申しわけありません……」

もう弁解はしない。ただひたすら受話器を手に頭を下げ続ける。しょうがないと諦めてはいるが、電話の掛かってくる度にドキッとする。

弟が心配して掛けてくる電話にも緊張する。

「あっ」

「茂です、どうしたの？」

「いやいや、なんでもない」

ほっとしたのか、話し出すと次から次へと止まらない。普段溜め込んでいるストレスをとにかく吐き出す。

「今度、説教してやって下さいよ」

突然言い出した。ずっと我慢していたのだ。一言注意すれば何倍にもなって意趣返しをする。暴力を振るうようなことはないが、電話を掛けまくったり、家の中でドタンバタンと壁にぶつかったり、畳みの上にひっくり返ったり、大きな音を立てることで反発を表現する。小さいころは、外でいじめに遭ったりすると、障子や襖をびりびり破ったりして憂さ晴しをしていたが、そのまま空っ風の吹く冬まで放っておかれ、寒さが身に浸みてからは八つ当たりはやめるようになった。

「姉さんが後ろ盾になっているから、わたしなんかが……」

うっかり怒りに火をつけたりしたら収拾がつかないことになる。

「ううーん」

もうそれ以上のことは言わなかった。困りきってはいるのだろうが、家庭内のことをひとに頼むのはまずいと思い直したのだろう。

「それこそ、姉さんを病院に入れれば、彼もおとなしくなるし、仕事にも目を向けるようになるんじゃないですか。今から遊び癖をつけてしまったのでは、将来困ることに。いつまでも若くはないし」

「いや――ね、入院させたってすぐ出てきてしまうよ。まずもって、あんな風では受け入れてくれる所がない。正のほうは何をやってもだめ、職場に迷惑掛けるだけだから、このまま家に置いとくしかないよ」

時として、何とかしてほしいと救いを求めたくもなるのだが、自分で出口を塞いでいるところもある。結局どうにもならない。このままの状態で、二人との微妙な距離を保っていく。苦痛だが我慢するしかない。

夕方には連中はもどってくる。外で騒ぎを起こしても、家に帰れば何くわぬ顔をしている。夜の食事に弁当を三人分と朝食用のおにぎり、忘れなければ、父親の昼食に菓子パンを一つ買ってくる。留守番をしているだけだから十分だと言うが、洗濯をしたり、布団を干したり、家の中の掃除をしたり衰弱した体に鞭打ってそろりそろりとやっていく。そうでもしなければ汚れ放題、獣のすみかになってしまう。二人にはそれがまったく分かっていない。

いつのころからか、布団を畳んで押し入れにしまうことをしなくなった。万年床、洗濯物も籠の中に放り込むだけで、洗って干すということを久しくしていない。そんなことに腹を立てることもなくなった。腹を立てだしたら四六時中怒っていなければならなくなる。

〝やれるところまでやるけど、しょうがないクルクルパーなんだから〟ひとりごとを言いながら、手の届くところから淡々とこなしていく。あとどれほどの命か分からないが尽きるまで続ける。自然体だ。これ以上ひどいことにならなければいい。みんな呑み込んで連中は好きなように泳がせておく。

茂は悟りきったように見える兄の姿に苛立っていた。

自分だったら——妻に言った。

「もう我慢の限界を超えている。周囲にもこれ以上迷惑は掛けられない。いっそのこと。そうすれば楽になる。しかし、あの連中を残しては逝かれない。といって一緒には——頭はだめでも相撲取りみたいなやつらだ。とても太刀打ちできない。もし、三人一緒に逝くようなことになったら、〝旦那も話の通りおかしかったんじゃないか〟と、世間は言うだろう。しゃくだなあ。もっとも、もう世間体を気にすることなどないところまで来ているのだが、やっぱり生きてどうにもならない苦しみを続けるしかないのかなあ」

兄の苦しみは分かる。が、当事者にとってみれば、傍観者とは違うもっと深刻な悲しみがあるのだろう。無心に子どものように遊び呆けている二人。まったく生活能力はない。いずれ蓄えも底をつく。そうなった時、本当に生活保護を受けなければやっていけなくなる。またひと悶着起こすのでは——心配したところで仕方のないことなのだが、そんなことまで考えてしまう。結局考えること自体無駄なのだ。成るようにしか成らない。そこで思考を停止させるしかない。

同じ屋根の下に暮らしているが、一人と二人で係わりを持たない。

朝食をばらばらに取り、十時になると二人は出かけていく。わざわざ木更津まで、ラーメン・チャーハンの大盛を食べるために。

この日高子に異変が起こった。ラーメンを挟んだ箸をバラッとテーブルの上に落とした。

「あれ——あれっ……」

左手で拾いあげて掌の中に握りしめたが、口元まで持っていくことができない。正は食べながら様子を見ていたが、変だと気がついた。

「母さん、どうした」

手を止めて高子の顔を覗き込んだ。しかし、返事をせずそのままずるずると前のめりに崩れていった。

「だめじゃないか」

前髪が丼の中に入った。後ろに回って肩に手を掛け引き起こそうとするが動かない。店の人も気づいて寄ってきた。

「どうした」

「ありゃ……こりゃいかん。そんな乱暴にゆすったりしちゃ。脳の血管が切れたかもしれん……だとすると、動かしたらだめだ」

常連客なので二人をよく知っている。それで言葉もぞんざいになる。正はびっくりして、手を放した。高子はゴツンと額をテーブルにぶつけた。

「だめだぁ——そのまま、そのまま、大きな血管が切れていたら、脳の中に血が溢れて死んじまうか……半身不随になったりする」

「ふあー」

正はへたへたと床に坐り込んでしまった。

「救急車呼ぶから待っとれよ」

店の人はてきぱきと行動する。普段泥酔客や不意の事故などで慣れている。消防署は歩いても数分の所にある。すぐにかけつけてくれた。

「どんな具合？」

「食事中に、ふーっと前のめりに倒れて、そのまま、動かさずにしてあります。脳の血管が切れているといけないので」

店の人が説明する。隊員は首に手をやったり上体を起こしたりして様子を見ていたが、二人掛かりで担架に移した。

「この人ひとり？」

「いや、この人が連れで」

正は泪目で呆けたように隊員の動きを見ているばかりだ。

「一緒に来て下さい」

「お客さん、一緒に救急車に乗って病院まで行かなくちゃ」

店の人に促されても動かない。

「だめなんですよ、この人は……ちょっとおかしいの」

「はあ？　でも来てもらわないことには……」

「しっかりしてよ旦那」

後ろに回って、両脇に腕を差し込んで引き起こそうとするが動かない。

「重てえなぁ」

ようやく担架の後ろについてよたよたと歩き始めた。

「二千二百円お願いしますよ」

店の出口で代金を請求されたが、何のことか分からなくなっていた。

「しっかりしなくちゃ、しょうがないな」

ふらふら、よたよた担架の後についていく疋を送り出して店員は苦笑いをした。

それから、しばらくは顔を見せなかったが、五か月ほど経ってまったく何事もなかったように食堂に現われた。母親を車椅子に乗せ、それを息子が押しながら入ってきた。救急車騒ぎなどけろっと忘れたように、いつもの食事を註文して終われば金を払ってのそのそと帰っていく。

「何だよ、あの親子は――大騒ぎしておきながら、ひとことの挨拶もない。そりゃまあ客だから、金さえ払えば文句はないよ、だけどなあ―― 〝お世話になりました〟とか 〝済みませんでした〟 くらいのことは、なあ……」

「認知症、認知症って騒いでいたけど旦那じゃなくて、ご両人じゃないのか」

「そうだよ。認知症だからもう忘れちゃった」

「まともなら、お騒せしましたって、菓子折の一つも持ってくるはずだが」

「ないなぁ……しかし、車で来るんだから、道は覚えているんだ」

「随分都合のいい認知症だな」

「この分だと、また何かやらかすに違いない」

「今度は放っとけよ。あんまり係わらないほうがいいかも。とにかく、おかしいんだから」

店では挨拶のない二人にあきれていた。しかし陰で何と言われようと親子にはまったく通じない。

十二時近くになるとのこのこやってきて、ラーメン、チャーハン、餃子を二つずつ組んで日替わりで順に註文する。食べるのは速い。ほとんど丸呑みにして、数分で完食する。その後冷水をがぶ飲みして、二十分ほどで席を立つ。食事が済めば、スーパーは用なしなのだが、四階から地下の売り場までゆっくり見て回る。各階の休憩ベンチに腰を下ろして、のんびり昼寝もする。どうせ家へ帰ってもすることはない。一時半までは退屈でも面白くなくてもここに居座る。

「お母さん、おしっこいいのか」

「ああ、行っておかなくちゃ」

それでゆっくり車椅子を押してトイレの前まで行く。ここで立ち上がって扉伝いに中へ入っていく。入ったらなかなか出てこない。

「もういいか……そろそろ行くよ」

しびれを切らして声を掛ける。

「だめだよ。立てないんだ。ちょっと手を貸してくれ」

「おれは、入れないよ」

「いいから入ってこい」

こうなると強引だ。

「いいんか……本当に……しょうがないな」

文句を言いながら扉を開けると、便座に腰掛けたまま膝の上に両手を置いて動けずにいる。

「立ちなよ」

「だめだ、脚に力が入らないんだ」

「重たいなあ、少しダイエットしなよ」

「なまいき言うな。年を取ればみんなこうなるんだ。おまえだって、でぶじゃねえか」

「早くしないと人がくる」

二人してよろめきながらなんとか立ち上がった。

「容易なこっちゃないな」

「ありゃ、濡れちゃった。おまえのせいだ」

「自分でひっかけたんだろう」

「ばかたれえ」

「ひとが来る。おれはまずい」

「なんでだ。動けないもんを介護すんだ、まずいこたあない」

「女便所へ男が入っちゃまずいの」

「介護の時はいいんだ」

「そんなわけにはいかないさ」

「ばかたれ」

「障害者専用トイレを作ってくれるといいんだけどなあ」

「ひとのことだと思って、勝手なこと言って、好きでなったわけじゃないんだ。自分が不自由になってみろ。大変なんだから、なんも、お前なんかに頼まなくったっていいんだ」

車椅子にどたんと腰を落とすと、大声で叫んだ。

「帰る、帰る、もう帰る。もう来るもんか。こんな所、だれが来るもんか」

まばらな客の視線が集まる。

「早くしろ！」

高っ調子で言うと正を睨んだ。ズボンが股から膝のあたりにかけて黒くしみになっている。

「おもらしみたいで、みっともないよ」

「うっせえ、うっせえ！　くだらんこと言うな、さっさと車を出せ」

かんかんに怒っている。が、息子はあまり気にする様子はない。車まで押していくと助手席に押し込んで、車椅子を畳んで後部座席に放り込んだ。怒られたからといって、母親から離れるつもりはない。べったりくっついてさえいれば、働かずに好きな物が食べられ、好きな車に乗って遊んでいられる。

母親のほうもその時限りでいつまでも怒りを引きずっていることはない。すぐに忘れてしまう。だいたい、彼を手放してしまったら生活が成り立たなくなる。お互いもたれ合うことで生活を楽しむことができる。資金は父親の年金のほとんどをむしり取っているのだが、ここでも二人が組むことによって圧力が増すことになる。

毎月決まった額を渡されて、〝これで一月やるのだよ〟と言われ、その時は分かるのだが、いつも足りなくなってしまう。昼食とガソリン代ならそれで十分なのだが、つい飲み物や間食に使ってしまう。すると別途もらっている夜の弁当代や朝のおにぎりのほうにしわ寄せがいく。食パンだけになったり、すっかりなくなれば〝金をくれ〟と騒ぎ出す。だいたい、二人ともに金銭感覚がないから、まとまった金を渡すのは無理なのだが、そうしないと機嫌が悪いのだ。

息子は頭だけでなく運動神経も鈍いので、車はしょっちゅうぶつけたりこすったりする。それで修理代を父親に要求する。

〝動けばそれでいいではないか〟とはねつけるが、〝体裁が悪い〟となまいきを言う。そうなると母親が息子の肩を持つ。〝あんたは乗らないからそんなことを言うけど、乗ってる人はおんぼろ車は嫌だ。みっともないし周りじゅうから馬鹿にされる。本当は新車を買ってやってほしいのだ〟と、とんでもないことを言い出す。結局、その都度修理費用を出させることになる。父親は、二人が遊び呆けていられる金づるなのだが、まったく意に介せずしばしば邪険にする。

「ふらふら歩き回っちゃだめだよ。事故に遭ったら困るから」

「ああ」

「ああじゃないよ。認知症はぼーっとしてるんだから」

「お母さん、今日お昼ないんだよ」

「そんじゃ、ヨークでパン買ってくるさ。もどったら外へ出ちゃだめだよ」

宏は言わせておく。返事をすれば怒られ、黙っていては文句を言われる。放っておくしかない。

「いこういこう。ここでぐずぐずしてたんでは時間のむだだ」

「腹へったなあ」

「お前はいつも腹っぺらしじゃないか。こっちはお父さんの心配までしなくちゃなんないから大変だ」

どたんと車椅子に体を投げ出すと正が車まで押していく。あとはドアにつかまって助手席に転がり込む。何とか一人でできるまでに回復した。

〝ゴーゴー、ヴーヴー……〟隣りの席で大いびきをかいて居眠りを始めた。退屈してとろとろすることはあるが、こんなことは初めてだ。そのうちに揺れだして、ガクッと前のめりになった。それでも目を覚まさない。

「母さんだいじょぶか」

声を掛けても眠りこけている。

「どうしたんだよ」

路肩に車を停めて母親の顔を覗き込んだ。

「お母さん、お母さん――」

呼び掛けても反応がない。

「ありゃぁ……こりゃだめだ」

こうなると頼りになるのは普段のけものにしている父親しかいない。認知症になったと騒いではいるが、本気度は母親ほどではない。自分一人の裁量では病院へ連れていくことはできない。急いで家へとって返した。

「お父さん――、お母さんがおかしいよ。呼んでも返事がない」

車の中に置いたまま情けない声で庭先から怒鳴った。

「どうした」

離れの小屋から出てきた。

「死んじゃったのか」

泣き出しそうな顔になった。

「救急車だ」

「来るかな」

「普段いい加減な電話をしたんでは肝心な時に来てもらえない」

「ああ」

正は素直にうなずいた。間もなくけたたましいサイレンを鳴らして到着した。

「どうしました」

正は口をつぐんで言葉が出てこない。

「説明しなさい」

「お父さん話してよ」

正は首を振った。

「ときどきおかしくはなるんですけど……今日は出掛けていて、途中から引き返してきたんで、多分血圧の関係だと思います。もらった薬をちゃんと飲んでないので……」

「一緒にお願いできますか」

隊員は高子の顔を見て納得した。宏が同乗して出発した。

今度は四十日の長期入院になった。出てこなければ平穏だ。正も一人では何もできない。車で出かけても食事をしてすぐ帰ってくる。二人きりの生活になってすっかりおとなしくなってしまった。

病院から帰ってきた高子は横になっていることが多くなった。

「起き上がるとふらふらするけど、このまんまじゃ寝たきりになっちゃう。車椅子を部屋の中へ入れて少し運動する」

と言い出した。正に車輪を洗わせて家の中に持ち込んだ。多少体重は落ちたが、まだ七十キロ近くある。腕の筋肉が萎えてしまって自分だけでは乗り込めない。

「正——手貸してくれ」

「だめだぁ、ぶら下がるだけじゃ」

「なんもぶら下がってなんかないじゃないか。お前が持ち上げないからだ。男のくせに、でかいばっかりで、からきし意気地がないんだ」

「お父さん呼べば」

「じゃ、そうしろ」

こんな時だけ認知症でも癌を患う病人でもないのだ。

「車椅子乗せるの手伝ってよ。一人じゃ重くてとてもだめだ」

「でかいばっかり意気地がないんだよ」

「持ち上がるかどうかやってみるか」

左右に分かれ、脇に腕を差し込んで引きあげる。

「いたい、いたたた……痛いじゃないか。ひとのことだと思って、無茶するな」

高子が怒った。

「頼んでおいて怒ることはないじゃないか」

宏は自分の城へもどってしまった。

「行こう、行こう。家に居たってつまんない」

高子は張り切って車輪を回そうとするが動かない。

「ぼやぼやしてないでおっぺせ」

板の間まで押していくが、そこから土間へ降りられない。その先の敷居も越えられない。

「乗り降り自分でできなきゃ無理だ」

正に言われて不機嫌に黙り込んでしまった。

しばらくの間不貞腐れて横になっていたが、なんとか外へ出たい、という想いから畳の上を這い回って腕力を付け、車椅子の乗り降りから動かし方まで一人でできるよう練習を繰り返した。

「外で乗り回すようにしたら」

「そうだな」

正の誘いに乗って車椅子を外に出すことにした。普段は縁側の脇にビニールを掛けておき、気の向いた時にスリッパのまま乗り移れるようにした。

正は母親が退院してから元気を取りもどし、木更津でゆっくり羽を伸ばしてくるようになった。三人はてんでんばらばらに生活しながら均衡を保っている。

高子は文句も言わず毎日車椅子を動かすのを仕事にしている。少しずつ慣れて体についてくる感触を楽しんでいる。つい油断をして足を踏みはずしたりスリッパを落としたりする。

縁側には出ないようにしていたが、はずみで墜落してしまった。とろとろと速度もそれほど出ていないし、床の高さも四十センチほどなのだが、かばい手もせずに七十キロの重量が左臀部にかかった。ボキボキと鈍い音がして力が入らなくなった。その時は特に痛みは感じなかった。転落のショックのほうが大きかった。なんとか這い出そうともがくがまるで動かない。

「こりゃだめだ……正はいないか。ただし！　このままじゃしょうがない。お父さん！　離れじゃしょうがないな。おとうさん――聞こえないか。だいたい、肝心な時だれもいないんじゃ用をなさない。……呼んでればいつか聞こえるんじゃないかな。〝おとうさん、おとうさん、手を貸してよぉ〟〝お父さん……おっこっちゃった――助けてよぉ、助けて……痛い、あっ、いたたた……ひどく打ったな。〝お父さんてば――〟しょうがないなぁ」

かまわずだんだん大声になる。

「何騒いでるんだ……」

「動けないんだ」

「ありゃ――こりゃおおごとだ。救急車呼ばなくちゃ」

「いいよそんな大騒ぎしなくても」

「大騒ぎじゃない。骨がずれてるじゃないか。痛くはないのか」

「そりゃ痛いさ縁側からおっこちたんだ」

ちぐはぐなやり取りをしている間にサイレンが聞こえてきた。

「だいじょうぶだって言ってるのに……」

「痛いんじゃ医者に診てもらわなくちゃ」

「診てもらうほどじゃないんだ」

痛みはそれほど感じないらしい。やはり脳のどこかがおかしくなっているのだ。

「縁側から落ちて腰か右脚を打ったようで」

「動けませんか？　どこが痛みます？」

隊員の問い掛けにはっきり答えられない。

「じゃ旦那さん、一緒に来て……」

何度か来ているので様子は分かっている。

「気分はどうですか」

担架に乗せられても痛がったり騒いだりはせず、目も口も半開きにして、意識を失ったようにぐったりとしている。

正に置き手紙をして家を出た。予想していた通り重傷だった。大腿骨が折れ骨盤にもひびが入っている。医師の話では、手術はそれほど難しいことはないが、治癒まで時間が掛かるようだ。年もとしだし偏食で骨が弱くなっている。それに異常な肥満、骨はくっついても人手を借りなければ動きがとれない。

薬のせいか脳神経がおかしいのか、痛みは感じていないようだ。よく眠っている。

夕方になって正がやってきた。

「何やってんだなあ。それでどんな具合？」

なまいきな口をきく。

「一応、明日先生方が揃えば手術をすることになったが……付き添いできるか」

「ああ、いいよ。お父さん帰っても」

「今夜のところは、特にないと思うけど。じゃ、私は一度家へもどって、いろいろ準備をするから」

何の役にも立たない息子だと思っていたが、付き添いができるとは見直した。

「猫よりましだな」

「ええっ？　ばかにしないでよ」

正を残して帰宅した。

「疲れた――だが、休んじゃいられない」

ひとりごとを言いながら、入院に必要な物の用意を始めた。もう何度もやっていることだが、ばらばらにしまい込んだ物を掻き集めるのは結構大変だ。

「何もすることないから帰ってきた」

一時間もたたないうちに正はもどってきてしまった。

「なんだよぉ——何が起こるか分からないから、そばに付いていなくては」

「看護婦さんがいるからだいじょぶだよ」

「それは、何かあれば手当をしてくれるだろうけど、容体が急変したり、様子によっては相談に乗ったり、何より家の人がいれば患者は安心するじゃないか」

「そんなこと言ったって……」

「ナースセンターに断わってきたのか」

「……」

「急に付き添いがいなくなったんでは、病院だってびっくりするじゃないか」

「そんなことないさ。用がないから帰ったと思ってるさ」

「まったく——お父さんが行って今晩は泊るから、ここに書いてある物を揃えて、あしたの朝持ってきてくれ」

「今から行くの？」

「そうさ、今日入院したものを、一人ぽっちにしておくわけにはいかんだろう」

「今晩一人か」

「そうだ、どっちにしろ一人になる。情けないやつだなあ、親が死ねばずっと一人だ。その覚悟をしておけ」

「まだ先のことだ」

「なまいき言うな、この先困るぞ」

「いいですよーだ」

「まったく、こいつは……」

正はどてんと畳みの上に仰向けにひっくり返った。

「じゃ行ってくる。戸締り頼むぞ」

「ああ、行ってらっしゃい」

宏は正の運転する車には乗らない。下手で危険な上に、（父親は乗せたがらない）と思い込んでいる。どうも肌が合わない。というより母親にべったりくっついていて、彼のほうから溝を作っているのだと考えている。

宏は自転車で病院へ向かった。

——先生が揃わないんではしょうがないが、このまま一晩置いて大丈夫なのか。まあ、それほど重傷というわけではないのかもしれないが……応急処置はしてあるのだろうから、心配したってしょうがない。本人はあんまり感じてないようだから、それはまあ救いだ——ぐたぐたと同じようなことを考えながら一晩を明かした。ベッドの脇に付き添い人用の長椅子がある。明け方近くなって、それに横たわって少しうとうとした。その間に当直の看護婦が二度ほど巡回に来た。

「お疲れさま、だいじょうぶですよ。血圧も呼吸も特に変わりはありません。お宅へ帰って一息入れてきて下さい」

看護婦に促されて、一旦引きとって、十一時の手術に合わせて正と来ることにした。

「病院は好きじゃないんだ」

「そんなこと……お母さん心配じゃないのか」

「おれは相性が悪い」

「えっ、そんな……」

わけの分からんことを言いながらもしぶしぶついてきた。

切開、骨折に針金を入れて縫合するのに三時間。順調に終わった。

「腹へったなあ、何もせんでも腹はへるなぁ」

「お前はノーテンキでいいなあ」

「だって、お昼はとうに過ぎてる。七階の食堂へ行こうよ」

「何を食べるんだ」

「ラーメンライス」

「好きだなあ、そういう油っ濃い物ばっかり食べてると母さんみたいになるぞ。今だってもう太り過ぎだ」

「いいですよーだ。運動してるからだいじょうぶだ」

「運転なんかだめだぞ。ただ坐っているだけじゃないか。庭の草取りをしたり、畑をやったり汗を流すような労働をしなくては」

「うん、やるさ」

食べ物が前にぶらさがっていれば素直になる。

正は速い、ほとんど丸呑みにして完食した。宏は舌癌の手術で左奥歯四本を削り取られたからほとんど噛めない。唾液に混ぜて呑み込む要領だが、註文のサンドイッチを半分も口にできないでいる。正の手がサンドイッチに伸びた。

「なんだ……」

「食べきれないんならちょうだい」

「いや、ゆっくり食べてるんだ」

しかし、もう二切ればかりつかんで口へ持っていった。皿には一切れしか残っていない。

「何てやつだ、本当に……行儀が悪い」

「うふん」

家でも弁当のおかずは、半分以上正にさらわれてしまう。〝ひとの分まで手を出すな〟といくら言って聞かせても効かない。〝良く噛んでゆっくり食べなさい〟と食事のたびに注意するのだが食べている時は何を言ってもだめだ。母親のおかずに手を出すが、物指でひっぱたかれる。それでも目の前にあれば懲りずに手を出してしまう。自制心が弱いのだがこと食べ物のことになるとまったく抑制がきかない。

「ああおいしかった。帰ろうか」

「わたしはもう一晩様子をみるから。夕方一旦家にもどって食事と風呂を済ませて、病院に来る」

「病院好きだなあ」

「ばか、好きで泊りに来るやつがあるか、まったく……」

「どうせなら、ここで夕飯も食べればいいのに」

「お金は降ってこないんだよ」

「じゃ、先に帰って、弁当買って風呂沸かしとくわ」

「有難う。そうして」

正はさっさともどっていった。

コンピューター管理による完全看護だが、任せっきりにするわけにもいかない。気がついた時に不安な思いをさせてはいけない。頭がおかしいといっても常時そうだというわけではない。宏はそう思っていたかった。

高子は眠っている時間が多くなった。とろとろ、うつらうつら、時々目を開けるがすぐ眠り込んでしまう。

「どうした。分かるか」

声を掛けても何となくうるさそうに見えるだけで、はっきりとした反応を示さない。落ちた時頭を打ったのかな。このまま廃人のようになってしまうのか——外で騒ぎを起こされても困るが、寝たきりで意識がないのも困りものだ。

温和しくなった高子に目を落としながら考え込んでしまった。

「元通りになるまで相当かかるんでしょうね」

ナースセンターで聞いてみた。

「そうですね、お年ですから……若い人と違ってくっつくのも時間がかかりますから……ギブスが取れるのが二、三か月。それからリハビリをやらないと……元通りになるのは、それから、また……ご本人の努力次第ですけど」

若い看護婦はためらいながら言った。

「あなたも体が本当じゃないんだから無理をしちゃいけません。共倒れになったんじゃしょうがないから、ここは私たちに任せて家で休養して下さい」

主任看護婦が言葉を添えてくれた。前に舌癌の手術で二度入院した時に世話になっている。

「有難うございます。お世話になりっ放しでまたまた申しわけありません。今日は、一晩付いていてやりたいと思います。これからちょっと家にもどって、出直してまいります」

宏は深々と頭を下げた。

「それはご苦労さま、でも無理はしないで下さい」

温かい言葉が嬉しかった。

その後は、日に一時間程度様子を見に行くがたいてい居眠りをしている。たまたま眼をあけている時に話しかけても、面倒くさそうに閉じてしまう。温和しくしていてくれるのは有難いが、このまま衰弱していって終わりになるのか――久しぶりに見せる穏やかな表情にいささか不安を感じるようになった。

正は母親から解放されて、ゆっくり自分の時間を楽しんでいるようだ。朝家を出ると夕方までもどらない。どうやらパチンコやゲームセンターを覗き回っているらしい。金もないしもともと臆病なので、自分では手を出さない。ゲームに使う金があったら食べたほうがいい。他人がやっているのを見るだけで十分満足している。時間をつぶせば弁当を買って帰る。その弁当を食べて風呂に入ってバタンキューあしたの朝まで眠りほうけている。何が面白くて出かけるのか、毎日同じ繰り返しだ。

掃除や洗濯布団干し、何一つやらない。みんな父親の仕事だ。病み上がりの身には酷なものだが、鞭打ってもやらなければ、めちゃめちゃゴミ屋敷になってしまう。

体に無理を強いているからミスが多くなる。物を落としたり壊したり汚したりは仕方ないが、足や手をぶつけてすり傷や切り傷、たんこぶやびっくりするような皮下出血を作ったりする。特に食べ物のせいか皮下出血がよくできる。もう血管がぼろぼろなのだ。つまずいてよく転ぶ。外に出る時は履き物には注意する。サンダルは正が引っかけるのでゆるくなって危険だ。ちょっとの距離でも自分の靴を出して履く。普段はそうしているのだが、ゴミを出しに近くの集積所までつっかけで出た帰りに滑って前のめりになって手を突いた。その時おかしな音がした。痛みはあまり感じないのだが、右手首がだらんとして力が入らない。〝やってしまったか〟頭に血が上った。

「まいったなあ……これじゃ何もできない、お手上げだ。まいったなあ……高子の世話どころじゃなくなった。こっちが面倒みてもらわなくてはならない。まいったなあ――」

宏はひどく疲れたような気がした。

――このままじゃしょうがない。骨が折れているに違いない。早く処置してもらわないと。長引いては家の中がめちゃめちゃになってしまう。まあ、これだけのもんだから入院なんてことにはならないだろうが、ギブスをやれば結局は動けない。これはまいったなあ――だんだんふくれ上がっていく手首を見ながら溜息をついた。

――やっぱりどこか無理をして、そこに油断があったのだ。悪いことは続くもんだ。正も事故など起こさなければいいが――自身が手助けを必要とする身になりながら家族のことに気を配らなければならない。我ながら情けない気持ちになる。

右手首は骨にひびが入っただけで骨折にはなっていなかった。が、しっかり縛られてしまって、しばらくは使えない。家に居れば雑用は山ほどあるのだが、手がつけられない。何もできないのでは、どこにいても同じことだ。同じ世話になる病院の中、自然と高子の病室に腰を落ちつけることが多くなる。〝夫婦なんだなぁ〟と思うが、相手にどれだけ通じているのか。まあ、一方通行でもいいと思う。

「たまに顔を見せてやれよ。お前を一番頼りにしているんだから」

「ああいいよ。いいけど、行ったって話すことないし、だいたい病院は嫌いなんだ」

あっけらかんとしている。母親のことを心配していて事故を起こすような、神経の持ち主ではない。

「顔を見るだけで元気になるのに」

「眠ってるんじゃ、行くだけやぼだ」

「何がやぼだ」

全然通じない。

「お母さんのことを考えていて、車をぶつけたりしては困ると思っていたんだが、その心配はなさそうだな」

「ないない、いつも通り安全運転だ」

「これ以上災難が起こったんじゃ……」

「だいじょうぶだよ、ちゃんと弁当買ってくるから」

「ああ……」

会話が成り立たないと諦めた。

買い物に出たいが、自転車に乗るのは無理だ。といって正に頼んでも忘れてくる。書いて渡してもメモその物をなくしてしまう。まったく役に立たない。なければないで工夫するか耐乏生活に慣れるしかない。無理をして更に厳しい状況に陥ることだけは避けなければならない。そのうちに治る。そう思って時間の流れに任せるしかない。

高子の病室へ顔を出すのも、自分の診察の日にだけ、それもごく短い時間、顔を出す程度になった。六人部屋なので他の患者の手前もある。それに男やもめ、家の中はがたがたになっている。それは仕方がないことと諦めてはいるのだが、やれるだけのことは何とかこなそうと、不自由な体で這いずり回るのだが、ふと、(なんで自分ばかりこんな目に遭わなければならないのだ)と滅入ってしまう。

お手上げのところへ病院からの呼び出しがかかった。

〝目が覚めると騒ぎ出し、あばれるのでせっかく治りかけた腰の状態もずれてしまう。それでバンドで体を縛っている。他の患者の手前、部屋を変えたいが、個室になると一日何万と費用がかかる。できたら転院をお勧めしたい〟というものだった。これは病院側の事情だ。

入院患者は三か月が過ぎると、健保からの給付金が大幅に減るという。それでは病院側はやっていけなくなるので、転院を勧め新しい患者を入れるのだと聞く。長期入院は歓迎されないのだ。結局三か月毎にたらい回しにされるのだが、出されても受け入れ手がなければ、病人は家に引き取らざるを得ないことになる。しかし、受け入れ可能な家庭ばかりとは限らない。転院といわれても頭のおかしな迷惑婆さんを、ほいきたと受け入れてくれる所などないだろう。が、とにかく預かってくれる所を捜さなければならない。

急激な高齢化社会で、元気な老人も多いだろうが、絶対数が増加する中で、やはりみんながみんな健康寿命を延ばしているわけではない。本当に行き所がなくて十数か所当たってやっと受け入れてもらったという話も聞く。とにかく追い出されてからでは間に合わない。

つてを頼って捜すことにした。しかし、どこの病院も満杯と断りを言ってくる。高齢化は田舎のほうが深刻だ。病気の老人の面倒を看る家族がいない。それなのに病人を受け入れるだけの病床がない。

ゆとりのある都会の人たちには、医療の整った老人ホームが用意されているが、そんな贅沢はできない。数少い老人専門病院の空きベッド待ちという寒々とした話になる。

ぎりぎりのところで預かってくれるという所が見つかった。しかし、そこも老人専門ではない。一般病院なので、いつまでもというわけにはいかない。入院したその日から次の引き受け先を捜さなければならない。こうした病人を抱え込んだら気の休まる時はない。宏は癌再発や転移する恐れも抱えている。三度目の手術できれいに取れたとしても、十数年間に消化器官のどこかに病巣ができているかもしれない。えておかなければならない。正のこともある。ここまで考えてくると、もうこれ以上先のことは考えられない。限界——そこに突き当たる。

とにかく、高子の安住先を確保したい。それさえできれば、後は成り行きに任せたい。

老人を専門に受け入れている病院は二つある。一つは家から八キロほどの、海の見える高台にある。少々古い木造だが、バスもすぐ前で停まり交通の便は至極いい。先生や看護婦の評判もいい。それだけに入院希望者が多くなかなか順番が回ってこないという。もう一つは、十数キロ離れた山の中に建つ新築の病院で、見舞客の宿泊施設もあるという。ただ、日に数本しかバスがなく、車を持たない人たちにはいささか不便だ。運転のできない宏は、ここに空きができてもあまり入れたいとは思わない。姥捨てのようで気が進まないのだが、そんな呑気なことを言ってはいられない。もう尻に火がついているのだ。

ただ、申し込みをして空きを待っていてもダメだから、有力者に働きかけを頼んだほうがいいと知恵をつける人もいるが、堅物でそんな器用なことはできない。だいたいその筋なるものが分からない。だが、窮すれば通ずというのか、間もなく希望していた老人病院のベッドが空いたという連絡が入った。この話を受けたすぐ後に、高子の入院する病院から〝騒いで他の患者さんとトラブルになっているので、認知症の専門医のいる所と相談してほしい〟と言ってきた。今すぐにでも退院してほしいと言わんばかりだった。

こんな有難い偶然が世の中にはあるんだ、と天を仰いだ。

早速海の見える病院に入院の手続きをし、その足で高子を迎えに行った。

「帰る……」

顔を見るなりそう言った。そう言ったような気がした。空耳だったか。

「腰が治らなくちゃ……家へ帰っても、私にはどうにもならないよ」

高子はじーっと宏の顔を見つめていたが、それ以上何も言わなかった。

(何だろう？　騒ぐというのは。こうして見た限りでは、特に変わった所はないようだが、家族の顔を見て安心したのか、しかし、誰だか識別できるのかな。動けなくてストレスが溜って時々爆発させるのか。骨の状態が良ければ車椅子に乗せて散歩させてやれば、精神的に落ち着くかもしれない。正にやらせてみよう。あれとならうまくいくだろう。あそこで騒ぎを起こしたら、もう行く所はない。何としても預ってもらわなくては)

ぼんやりと高子の顔に視線を落としながら思いを巡らしていた。

「寒くないか」

視線を返してはいるが応答はない。

「転院するよ。病院変わるよ」

もう反応はない。さっき〝帰りたい〟と言ったのはやっぱり空耳だったのか。確かにそう言った。が、もうだめだ。

退院の手続きが済んだところでタクシーを呼んだ。荷物といってもバッグ一つ。運転手が部屋まで取りに来てくれた。高子は家へ帰るつもりなのか、安心したように目を閉じた。

入院患者は総合病院のほうで送ってくれる。

老人専門病院の院長は、自身がここに入院してもおかしくないようなやせぎすの老人だが、物腰が穏やかで、ここには似つかわしい人だと思った。

「認知症で周囲に迷惑を掛けるので、行く所がなくて困っていました。本当に助かりました」

「あなたも病身と伺いました。大変でしたね。これからは安心してお預け下さい」

人柄から出る言葉か、じーんと心に沁みた。

一週間通って様子を見たが、騒いだり暴れたりした様子はない。家に帰ったと思っているのか、雰囲気が気に入ったのか穏やかな顔をしている。話し掛けても反応はないが、確かに何かが変わった。

「良かったねえ、いい所に入れて」

話し掛けずにはいられなかった。家へ引き取った時のことを考えていた。動けない病人の世話で一番大変なのは下の世話と聞くが、六十キロはある体重を持ち上げたり動かしたりするのは、健康な男子でも骨が折れる。まして自分にはとてもできない。正に手伝う気遣いはない。そうなったらもう限界だ。二人を置いて逝くわけにはいかない。悲劇だ。そんなことになったら一家みんな認知症だったんだ——そう言われてしまう。

散々騒ぎ回って手こずらせた時も、ふっと、変なことを考えたこともあったが、周囲も徐々に理解してくれて、変なことにならずに済んできた。今回もぎりぎりのところで救われた。

——苦労するなぁ。しかし、人生なんてこんなものかもしれないなぁ。自分だけが特別ではあるまい——意志の疎通を欠く相手の顔をぼんやりと見やりながら、残された時間を考えていた。

「少しお陽《ひ》様を浴びるといいですよ。車椅子で庭を散歩してみては」

院長の勧めで外へ連れ出すことにした。玄関を出るまで看護婦が付いてくれたが、〝ゆっくりどうぞ〟と二人きりにしてくれた。

「裏の方へ行ってみようか。海が見えるよ」

高子の反応はなかったが、ゆっくりと押していった。太平洋がぐーっと広がって見える。

「いいねえ」

頬に赤味が差してきた。気に入ったようだ。じっと視線を据えたまま瞬《まばたき》もしない。何かは感じているらしいが、言葉は出てこない。こうしていると、ずっと昔どこかで、どこかでこんな場面があったような気がする。妻も同じようなことを頭の中に描いているのかもしれない。そんなことを想像して、久しぶりに穏やかな時間が過ごせたような気がした。

「そろそろもどろうか」

特に反応はない。

「行ってまいりました。何となく嬉しそうに感じました」

「そりゃ良かった。天井板ばかり眺めているよりは、青い空や青い海を見るほうがよほど心の病にはいい。何か感じるところがあるでしょう」

「有難うございます」

院長は詩人だと思った。なぜそう思ったのかは分からないが、心に沁みるものがあった。だいたい、この種の病院に入って良くなったからと退院していく人はいない。各家庭で手に負えなくなった老人が預けられ、ここで人生の終焉を迎えることになる。家族は入院させることによって一様に肩の荷を下ろしほっとする。それで、月に一度費用の支払いに来る以外だんだんと足が遠のいていくのが実情だ。院長は姥捨にしないでほしいと婉曲に言ったのかもしれない。できる限り連れ添ってやりたいと思った。

居心地が良いのか、高子は穏やかな顔をしている。血色もいい。ここに来て、暴れたり騒いだりすることはないようだ。前の所では暴れて危ないので一時的にバンドでベッドに固定したと聞かされた。それは動物みたいでちょっと可愛そうだとは思ったが、クレームをつけられる状況ではなかった。家へ引き取らなければならないことにでもなったら万事休すだ。頭を低くしてお守《も》りを頼み込んできた。頭がおかしくなっていても、時に自分の置かれている状況に感づいて抵抗することもあるのかもしれない。そんなふうに考えてくると、でき得る限り時間を作って会いに来てやりたいと思う。

日によって口をもごもごご動かすこともあるが、ほとんど瞬《まばた》きもせずじっと宏の顔を凝視している。

「分かるか」

声を掛けても返事はない。

ひと月ばかり経って、院長がぶらりと部屋に入ってきた。

「ちょっといいですか」

医務室に呼ばれた。

「高子さんは内臓にまったく異常がありません。ただ、頭を打っているのでしばらく専門の先生に来て頂いて診てもらいたいと思います」

「どうなるのですか」

「今すぐどうこうということではありません。黙っていたのでは失礼だと思ってお話しました」

「はあ、よろしくお願い致します」

何だか分からないが、預けた以上は信頼してお願いするだけだ。

院長はほとんど診察室や事務室に閉じ籠《こも》っていることなはい。ふらふら病室を回って患者と話をしたり、ジャンパーを引っ掛けて庭木の剪定をしたり、芝刈機を転がしてみたりあまり医者らしくはない。入院の老人たちはほぼ容態は安定しているので、特段の診療治療は必要ないようだ。

外来診療も午前中だけ。近所の昔からの顔馴染みが、いろんな病気を持ち込んでくる。風邪、腹の具合、高血圧、できもの、けが、耳や目のちょっとした病人もやってくる。なんでも屋だ。時間外でも気軽に診てくれる。治療費はもらう時もあれば「面倒だから今日はいいよ。この次に」と言って帰すこともある。

いろいろな病気を抱えている老人を診ていくには、循環器とか呼吸器とか専門屋では務まらない。総合病院のように専門医を揃えるのは費用の面で無理だ。

だから何人も専門医を集めて手術をするような難しい患者は最初から受け付けない。来ても紹介状を書いて専門病院や大学病院に回している。良い人に出会った。人生の節目節目で本当に世話になる人がいる。この老先生がその一人だと思った。

感謝の気持ちは自然と相手にも通じるらしい。にこにこしながら声を掛けてくれる。

「どうですか、あなた自身の体調は」

こちらのことまで気遣ってくれるのは嬉しい。

「有難うございます。お蔭様で特に異常はありません。私のことまで……」

胸が熱くなる。院長がやさしいから看護婦も掃除のおばさんまでもみんないい人だ。顔を合わせるだけで気持ちが和んでくる。正もこういう所で働かせてもらえたら、少しはまともな人間になるのではないかと思った。無論報酬などなくていい。働かせてもらえるだけで有難い。最初から何か仕事をもらえと言っても来る気遣いはない。まずは病院の雰囲気に近づけたい。

「正、ちょっと」

遊びほうけて、もどってきたところで声を掛けた。

「えっ、ああ……」

「何を驚いてるんだ」

「ああ……電話があったの？」

「どうした、また悪さをしたな。話してみなさい。黙っていたんじゃ分からない」

「病院行った」

「何しに行った」

「それは……」

「ちゃんと全部話してみなさい」

「だめだって」

「何でだめだ」

「そりゃ分かんないよ」

「いい加減なことを言うからだ」

正はしゅんとなった。高子が入院してからは、一人でいろんな所へ出かけていって油を売っている、という噂を聞いている。

「お父さんを入院させてくれと言ったのか……そんなに私が邪魔か」

父親の認知症がひどいので入院させてほしいと精神科へ頼み込んでいるらしい。そんな話を総合病院で耳にした。ねらいは預金通帳と印鑑だ。あるだけ引き出して自由に使おうという魂胆なのだ。

「馬鹿なことは考えるな。お前の頭の中くらいはお見通しだ。遊んでばかりいないで少しは働くことを考えろ。……話は別のことだが、お母さんのこと心配にならないのか。死んでしまってから後悔しても間に合わないぞ」

「そんなに具合悪いの？」

「悪いから入院してるんじゃないか。ぶらぶらしているひまがあったら車椅子に乗せて庭の散歩をさせてやれ。お前がやればきっと喜ぶ」

「行ってみようか」

「気の変わらないうちに行ってやれ。あしたにでもどうだ」

「ああ」

いい年をして毎日車に乗って遊び回っているが、どこか満たされないものがあるに違いない。ばかなことを考えるが、やはりかわいそうな気がする。ダメ人間と決めつけるのではなく、何かできることをやらせて生き甲斐にすれば、彼なりに幸せではないか。反応はない母親だが、ずっと傍にいれば何か脈が通じてくるのではないか。二人の間は決してまずくはない。どれだけの時間が残されているのか分からないが、〝面倒看ている。役に立っている〟という気持ちが生まれれば、生活に張りがでてくるし、今の生活の支えにもなるのでは。それが持続できればいくらかまともな生活になる。そして、できたらこの立派な先生の下に置いてもらって、何でもいいから仕事をもらって過ごすことができたら、自分たちが逝ってしまっても安心だと思う。周りがみんないい人だから感化されて立ち直ってくれる――何か希望が沸いてくるような気がした。

翌日、正もついてきて車椅子の散歩を見ていたが、途中から交替した。

「こんなら簡単だ。車を運転するより楽なもんだ」

「そりゃ、そうだろう」

「おお、息子さんかな。結構結構」

院長も顔を出して応援してくれた。

(以心伝心！　思いは天にも人にも通じるものだなあ）と嬉しくなった。正は誉められた勢いで芝敷の上に円を描いて回ってみせた。

「いいだろう、病人もあまり長くなると疲れるから」

「こんなもんか」

「時々やってくれ」

「ああ」
四、五日で飽きてしまった。人が見てなくては励みにならないのだ。
「もういいよ」

「もういいよって！　お母さんはお前の来るのを楽しみにしてるんだ」

「そりゃあないよ。何も分かりゃしない。頭がパーなんだから」

「そんなことはない。分かっていても話ができないだけだ。ちゃんとお前を見てるだろう」

「でも分かっちゃいない。だめだ」

「だめか」

「だめだね。全然だめだ」

「でもお母さんだ」

「分かんないもの、つまんないよ」

「つまんないのか」

「そりゃあそうだ、意味がない」

折角まともな生き方に目を向ける機会だったが、正のほうからはずれてしまった。

「遊ぶ時だけ一緒で、あとは知らん顔か」

恨みごとのひとことも言いたくもなる。が、通じない。

「どうだ、車椅子の散歩をした日には介助費用を出そう。一時間五百円。芝刈りや庭の掃除、病院の手伝いをしたらその分も出そう」

「ふーん、考えとくよ」

「何を偉そうに、考えることなんかないじゃないか。どうせひまで困ってるくせに」

分かってはいるが文句の一つも言いたくなる。

「そんなことないさ、いろいろ見て歩けば世の中のことが分かる。家の中に閉じ籠っていたんじゃだめだ」

「世の中の人は、みんな懸命に働いている。それで生活してるんだ。分かるだろう」

「自分に合わない仕事は長続きしない。なかなかないんだよ」

正に合わせてくれる仕事場を見つけるのは骨が折れる。年をくっているだけに、こなまいきになっている。それでいて社会生活に順応する力はまるでない。すぐ嫌になってほうり出してしまう。堪え性がない。これは高子にくっついて自堕落な生き方をしてきた、それが長く続き過ぎたからだ。もう引き返すことは無理だ。困ったことに、頭が悪いのに加えてずるくなってきた。特に金銭に対する執着がひどくなっている。どんどん自由に使える金がほしい。働くのは嫌だ、なんとか楽して手に入れたい。

一番いいのは父親の預金をそっくりもらうことだが、そう簡単ではない。癌でふらふらしているので長いことはないと思うのだが、今ここで死なれたのでは困る。葬式だの財産の整理だの、そんな面倒くさいことはできない。一番いいのは、認知症で病院に入れることだ。そうすれば年金も継続して入ってくるし、遊んでいてこのまま金蔓も切れることはない。その辺までは考える。

もう少し金があれば、チャーハンとギョーザ、ラーメンにシューマイ……それにもう一品食べられる。今のところ食べることしか頭にはない。

「やってみようか、時間のある時」

「そうか、お母さんも喜ぶ」

「それはないよ。脳がダメになってる。だれの顔も全然分かってない。何か言っても通じない。もう植物人間だ」

「植物……それでも面倒看る気になったか……おかしなやつだ」

「人にはいろいろ事情があるから」

「まあいい、その気になったらそれでいい」

無論金がほしいだけなのは分かっているが、これを機に食うこと以外にも目を向けさせたい。ここの病院なら、ここの先生なら、正のようなぐうたら人間でも面倒みてくれるのではなかろうか。自分勝手な思いなのだが、そんなふうに考えることによって、あてにもならない幻想に寄り掛かりたいと思う。

ここで車椅子を押しているうちに、先生から声を掛けられて雑用をやらせてもらう。そうなるといい。お金などは頂けない。奉仕だが正が納得するだけの褒美を用意してやろう。どうせ自分も長いことはない。残っている財産など知れたものだ。それもいずれ彼のものになる。少しでも有効に使えるならそうしたい。だめだったらそれまでだ。真面目に人間らしく生きてほしい。母親のことを植物人間などと、なまいきな口をきかないでほしい。考えを巡らしているうちに、何となく明るい方向へ動いているように感じた。

正も一人になると心許ないのか、素直な面を見せる時もある。高子の影響か知能のせいか長続きはしないが、それはそれで仕方がない。成るようにしか成らない。結局そこに行き着くのだが、最後はどうにかなるだろうと都合のいい方向に思いを寄せるのがせめてもの救いだ。

正は二、三日病院に顔を出しては、二、三日遊びに出かける。もらった分だけラーメン屋で食べてしまう。それもいいと思っていたが、一日、二日顔を出しては四、五日遊びに行く。散歩にかける時間もだんだん短くなった。やはり自堕落な性情が骨の髄まで浸み込んでいるようだ。こんなことで一喜一憂してもしょうがない。やっぱりだめだったか――宏は諦めた。

結局、高子との散歩は振り出しにもどった。

「植物人間か――よく言うよなあ。自分もたいして変わらないくせに」

宏は車椅子を止めて高子の顔を覗き込んだ。目はしっかりと、こちらを見ている。ずっと視線が追ってくる。

「分かるか？」

返答はない。

「どうなんだ……どうも情けないことになったなあ」

「食事はどうだ。味が分かるのか……だめか、しかし……お腹はすくのか」

脳がだめになっても呼吸をしたり、食事をしたりすることは人並みにできるらしい。食べ物が気管に入ってしまうことはないのだという。〝生きる〟ということは本当に神秘的なことだとつくづく思う。

体を拭いたりおしめの交換をするのは内心嫌がるだろうが、食事は院長先生の許可をもらって食べさせてみようかと思った。なかなか得難いことなのでためらいがちに聞いてみた。

「それはちょっと、慣れた人でないと。こつがあるようですよ。何でも口の中に押し込めば呑み込んでくれるというわけじゃない。介護士さんがやりますから、ご覧になるのは結構です。ここでは、お見舞いの人が何か食べさせたり飲ませたりするのは禁止しています。何か事故が起こったら困りますから。家庭でなさる分には差し支えありませんが、ここでは業務としてやっていることですから責任があります」

「はあ、恐れ入ります。勝手を申しまして済みません」

「いやいや、優しいお心遣いですね」

「お恥ずかしい。やはり専門家でなくては。だいたい、私が声を掛けても、目も口も動かしません。表情が変わりません」

「いやいや、そんなこともありませんよ。喜怒哀楽の感情をあからさまに出すことはありませんが、瞳の奥にかすかな表情を見て取ることができます。あなたが見えている時は本当に穏やかな澄んだ色をしていますよ」

「えっ……そうなんですか……気がつきませんでしたが……そんなことが……」

「よく見てごらんなさい。目は口ほどに……と申しますが、そうなんですよ」

「迂闊でした。どこを見ていたんでしょう。先生のように心眼をお持ちの方でなくては、とても気がつきません。先生は本当に……」

「まあ、気をつけて接するうちに通じてくるものでしょう。やはりご家族が一番」

「ご教示頂いたので通じ合えるよう努力してまいりたいと思います」

「できますよ夫婦なんですから」

そう言われてみると、何となく瞳の奥に物言いをしているように感じられてくる。そんなはずはない。脳が傷ついているとしたら、思考力などないのでは――。しかし、表現力を失っただけで、何か思うことがあるのかもしれない。少しでも分かってくれるなら嬉しい。誠意を尽くして看ていこう。お互い残された時間がどれほどあるのか分からないが、濃密に過ごしたいと思う。

正はすっかり母親から離れてしまった。何が面白いのか、引き続き同じように出かけていって同じ時間帯に帰ってくる。ひと眠りすると冷えた弁当を食べ、菓子を漁って気が向けば風呂に入るが、汚れた服のまま万年床にばたんきゅうと、倒れ込んで朝までのびている。

食べることだけは忘れない。起きぬけに冷蔵庫に入れておいたきのう買ってきた弁当を大皿にあけて、電子レンジで温めてがつがつと掻き込む、漬け物もハムも一緒くただ。

食事をすればそのまんま横になってテレビを見ている。十時になると起き上がってすーっと出ていく。もう病院へ行く気はまったくない。確かに金はほしい。が、拘束されるのは嫌だ。母親が好きでくっついていたわけではない。仕事をせずに気ままに暮らせて、好きなものが食べられるからだ。病院近くの食べ物屋は味が薄くて口に合わない。弁当屋もあるが惣菜の品数が少なくて気に入らない。結局、天秤に掛ければ木更津の方が食べ物がいいから、そっちへ顔が向いてしまう。それはそれでいい、もう彼に何かを求めることはない。

夫婦の時間を大事にというより、自分が何をしたいのか、それだけを自然体でやっていけばいい。

今は、高子の目の中に会話を求めて、気長に車椅子の散歩を続ければいい。それも、脳の機能が止まればおしまいだし、自分も癌が拡がったら抗《あらが》わないことにする。どっちが先に逝くことになるのか、それももう考えない、その時はその時のことだ。

考えられるだけの準備は済ませた。寺の坊さんには二人分の戒名をもらってある。葬儀屋に支払う代金と当日のお経料は別々に用意して、離れの机の引き出しに入れて鍵を掛けてある。自分が終焉の時を迎えた時に開けるように言うつもりでる。早くから話をすれば後先考えずに持ち出して使ってしまうだろう。が、それも考えようだ。なければないで、それなりにやるしかない。あの世から心配したってしょうがない。成るようにしか成らない。みんな丸呑みにして腹に納める。それでいい。

そんなふうに考えると、肩の凝りがほぐれていくような気がした。


「転院したと聞いたんで……」

「ああ……」

芝生の上で車椅子を停めて、高子に話しかけている時、茂が顔を出した。

「よかったですねえ」

「ああ、本当に……助かったよ……前のところからは出るように言われていたし……捜しはしたけど引き受けてくれる所はない……」

宏は言葉に詰まった。

「大変でしたねえ」

「ここの先生が、事情を知っていて、手を差し延べて下さった。それがなかったら……」

「ああ……」

「わたしの体調のことまで気遣ってくれて……」

「有難いことですね」

「ああ……感謝してもしきれない……もう、わけが分からなくなるほど嬉しかった」

「……」

「先生が人格者だから、スタッフもみんないい人たちで……本当に良くしてくれて、高子も変わったよ。向こうでは暴れてしょうがないと、バンドでベッドに固定されていたのが、すっかり落ち着いて、表情も穏やかになった。顔色も良くなった」

「それは良かったですね」

「人間こうも変わるものかと……」

「はあ……」

「先生に勧められて、できるだけこうして散歩をすることにしてるんだけど、まあ……そのうちに、会話が成り立つようになるかも」

「えっ？」

「ああ、目をじっと見つめていると、瞳の奥に、こう……訴えるというか、思いが映ってくる。きっとそうなる。先生がそうおっしゃるのだから……」

「はあ」

「正は親をつかまえて植物人間だからだめだなんて言ってたが、まったく――」

宏は会話が成り立つと本気で考えているようだ。これからの生き甲斐を見出してなんとなく生気を取りもどしたように見える。

「兄さんも体に気をつけて下さい……安心しました」

「わざわざ済みません」

後ろ姿が裏木戸から消えてもぼんやりと視線を置いていた。

「さあ、部屋へもどろうか」

瞳がきらきら輝いて見える。

「どうした」

「お父さん、有難う」

「む……みずくさい」

宏は車椅子を押して歩き出した。

【著者略歴】

池田　重之（いけだ　しげゆき）

1933年　台湾基隆市生まれ

日本大学法学部、法政大学文学部卒業

千葉県で小・中・高校教員、中国抗州大学教員

著　作

小説『傍観者』（青孔社）『子捨て』（青孔社）

『埋もれ木』（近代文芸社）

『座』（郁朋社）

『叫び―妈妈、请来接我―』（郁朋社）

童話「こじきとふしぎな紳士」「へびの毒」

「わたしがこどもだったころシリーズ」（偕成社）

その他「文芸広場」に小説数十編を発表

教育論文

・読解の効果を高めるスキル（高校教育展望・千葉教育）

・新音訓・送り仮名と教育現場（月刊高校教育）

・モラールを高める学校経営（〃）

・指導法研究と学習スキルの定着（〃）

・生徒指導について連載（文芸広場）

・進路指導について連載（〃）など

絆《きずな》

2019年5月12日　第1刷発行

著　者 ― 池田《いけだ》　重之《しげゆき》

発行者 ― 佐藤　聡

発行所 ― 株式会社 郁朋社《いくほうしゃ》

〒101-0061　東京都千代田区神田三崎町 2-20-4

電　話　03（3234）8923（代表）

ＦＡＸ　03（3234）3948

振　替　00160-5-100328

印刷・製本 ― 日本ハイコム株式会社

装　丁 ― 宮田　麻希

落丁、乱丁本はお取り替え致します。

郁朋社ホームページアドレス　http://www.ikuhousha.com

この本に関するご意見・ご感想をメールでお寄せいただく際は、

comment@ikuhousha.com　までお願い致します。

ISBN978-4-87302-694-7　C0093